The Liberal Arts

5
Mundus Scientiae

イェイツ

自己生成する詩人

萩原眞一

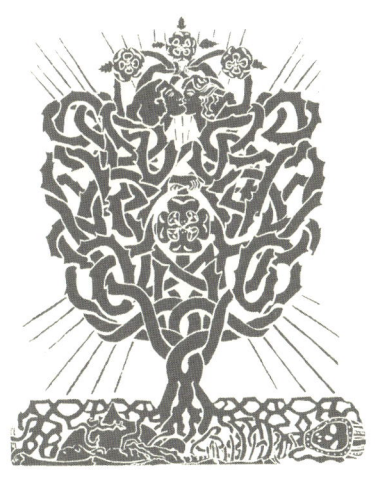

＊本書中の古代ギリシア・ローマ関連の神名、人名、地名は、原則として『リーダーズ英和辞典』第2版の日本語・英語表記に準拠した。ただし、借用させて頂いた翻訳・論考におけるそれは、訳者・執筆者の意思を尊重し、そのままとした。
＊本書で引用されている作品・文献は、特に断りがない限り、すべて原典から著者が拙訳したものである。

表紙絵　W. B. イェイツ『神秘の薔薇』（1897年）の表紙絵より

目　次

はじめに ……………………………………………… 4

第1章　シュタイナハ手術 ………………………… 9

第2章　単為生殖 …………………………………… 33

第3章　神聖授精 …………………………………… 47

第4章　斬首／去勢 ………………………………… 59

おわりに ……………………………………………… 83

　あとがき ………………………………………… 85

　文献案内………………………………………… 88

はじめに

　いささか唐突であるが、まず、4コマ漫画（図1）をご覧いただきたい。題して「シュタイナハを訪問するサンタクロース」（英題 "Father Christmas visiting Steinach"）。掲載したのはドイツの週刊誌『ジンプリチシムス』（*Simplicissimus*）である。漫画は次のように展開する。

> ある日、りっぱな白いあごひげを蓄えた禿げ頭の老サンタクロースがシュタイナハの診療所を訪れる→シュタイナハは「何もおっしゃらずに中へどうぞ。ご用の向きは心得ておりますから」と老人を診察室に招き入れる→シュタイナハが老人の局部をメスで切開し、何やら手術を施している様子→一転、ふさふさした黒い髪と口ひげをはやしたサンタクロースが、若返ってはみたものの、おなじみのトレードマークを失い、「これでは商売上がったりだ」と戸惑っている。

1920年代、欧米を問わず、「シュタイナハ・ウェイヴ」と称されるほど世界的な評判を取った回春手術が、ここで槍玉に挙げられているのである。
　諷刺の標的にされたオイゲン・シュタイナハ（Eugen Steinach）とは、一体いかなる人物であろうか。実は、戯画から受ける「いかさま療法師」（"quack"）という印

図1 「シュタイナハを訪問するサンタクロース」
（『ジンプリチシムス』1927年12月26日号）

象とは裏腹に、ノーベル生理学・医学賞の候補になること6回、正真正銘の科学者であった。1861年に生まれた彼は、ウィーン大学医学部を卒業後、一時プラハ大学で教鞭を執ったのち、1912年からナチス・ドイツに祖国オーストリアを追われる38年まで、ウィーン科学アカデミー生物学研究所長という要職に就き、44年に他界している。シュタイナハ手術と通称されるようになったのは、彼が手術の理論的な根拠を提供したためだ。手

術それ自体は他の専門医に任せ、彼自身がメスを握ったことはなかった。

シュタイナハは、生物の発生のメカニズムを分析的実験によって究明することに心血を注いだ。実験の二大武器は、精巣や卵巣といった性腺の除去および移植である。これらを駆使しながら、身体的・行動的な性的成熟が性腺から分泌されるホルモンによって誘発されることを、彼は実証しようとしたのである。

ホルモンの所在がようやく発見されるようになったのは、1890年代以降のことである。シュタイナハが研究を続けた20世紀前半、その重要な働きは急速に解明されつつあった。勢い、当今の遺伝子さながら、ホルモンがあらゆる人間の営みを統御するかのような時代的雰囲気が醸成されていた。わけても更年期における性腺ホルモンの著しい低下が精神的な活動に従事する人間にもたらす影響が取り沙汰された。性腺ホルモンが減少すると、精力減退をはじめとする老化現象が起こり、ひいては思考力や創造力も衰退すると考えられたのである。シュタイナハ手術は、こうした同時代の通念を背景にしながら、特にインポテンツを治療する有力な方策のひとつとして考案されたのだ。いわば今日巷間を賑わせているアンチエイジング医学の先駆けである。

慎重な動物実験を経たのち、シュタイナハ手術が最初に人間に応用されたのは、1918年11月1日のこと。その後、1920年代から30年代にかけて、ウィーンを中心

にしてベルリン、ロンドン、ニューヨークなど、欧米各地で数多く実施されている。このシュタイナハ手術を受けた患者の中に、何を隠そう、ふたりの大物著名人がまじっていた。ひとりは精神分析学の創始者フロイト（Sigmund Freud）である。手術は1923年11月17日、満67歳の折に行われた。表向きの目的は、口蓋癌の再発を防止し、体力の増進を図ることであったが、失われていた性的能力を回復させることも隠された目的ではなかったかと憶測する向きもある。

もうひとりの大物著名人は、20世紀の英語圏で最大の詩人のひとりと目され、1923年にノーベル文学賞を受賞したイェイツ（William Butler Yeats, 1865-1939）である。手術日は1934年4月5日あるいは6日。時あたかも、男性ホルモン、テストステロンの発見を翌年に控え、手術の流行もそろそろ下火になりかけていた頃である。当時、齢69歳に達していた詩人は、はたしていかなる結果を迎えたのであろうか。それはのちほど本論の中でご報告したい。ここで取り急ぎ着目しておきたいのは、シュタイナハの手術理論とイェイツ作品との間にかいま見える意外な照応関係である。

というと、即座に一笑に付されるかもしれない。確かに失笑は当然だ。とにかく一見したところ、どこを探しても、両者を結びつける糸など見当たりそうもないからである。しかし、シュタイナハの手術理論に少しでも精通してみると、その核心を成す概念がイェイツ作品を

読み解く上で有効な光を照射してくれるような気がしてならない。それは何か。一言で答えると、「自己生成」("self-begetting")という概念だ。これが、とりわけ後期のいくつかの傑出した作品を解釈する際にも、効力を発揮してくれるのではないかという推断を論証すること、それが本書の趣旨である。

　前置きが少々長くなったようだ。それでは、早速、本論に入ることにしよう。

第1章　シュタイナハ手術

奇妙な噂

　イェイツは晩年、ある奇妙な噂につきまとわれた。それは、こともあろうに、猿の睾丸（精巣）を移植されたというものであった。何しろ噂のあるじは、ケルト伝来の民族文化と神秘哲学を融合した芸術至上主義的な世紀末詩人として出発後、20世紀に入るや、英国からの独立を目指すアイルランドの厳しい現実を直視した現代詩人に変貌し、さらに転じて反時代的な精神を堅持する孤高の老詩人（図2）である。おまけに元アイルランド自由国上院議員ときていた。まさに押しも押されもしない大立て者だ。噂はい

図2　1935年当時のイェイツの肖像写真（ナショナル・ポートレート・ギャラリー、ロンドン）

やが上にも広まり、ダブリンの新聞各紙はこぞって、詩人を「睾丸老人」("the gland old man") と揶揄したのである。

奇妙な噂は、久しく陰に陽にくすぶり続ける。イェイツの死後四半世紀の1963年に刊行された鬼才バージェス（Anthony Burgess）の小説『エンダビー氏の内側』（*Inside Mr. Enderby*）においても、噂はまことしやかに囁かれているからだ。作者バージェスの戯画的な分身エンダビーに対し、ロークリフ（Rawcliffe）という登場人物が吐く意見の中で、問題の噂は飛び出す。

> でも、詩を書くってむずかしいものだぜ。じつにむずかしい。三十歳を過ぎても詩を書きつづけることができるのは、週刊誌の週末パロディ・コンクールに応募する連中ぐらいなものかな。もちろん、その他には、猿の睾丸を貰った連中がいるがね。イェイツもその一人さ。でも、それは誓って言うがね、フェア・プレイじゃない。現代最高の耄碌詩人さね。絶対に、血まみれ男シュタイナハのお陰さ。[1]

ロークリフが主張したいことを敷衍してみると、およそ次のようになるであろうか。──すなわち、天才詩人と聞くと、26歳で早世した英国のロマン派詩人キーツ（John Keats）にしろ、弱冠20歳で文学を放棄したフランスの象徴派詩人ランボー（Arthur Rimbaud）にしろ、10代後半から20代にかけて詩的想像力の頂点を迎えた若い詩人たちを思い浮かべるだろう。三十路を越えてなおかつ一流の詩人であり続けることは、並大抵のこと

ではないからだ。そんな中、イェイツは例外的な存在で、むしろ晩年に向かうにつれて豊饒多産な創作活動を展開した。しかし、その文学的偉業も、「血まみれ男」シュタイナハによって猿の睾丸を移植されたお蔭をこうむっていたとなると、心中穏やかでない。どうしても話を割り引いて聞きたくなる。晩年の旺盛な創造的営為の背後に、医療テクノロジーが介在していたことは、イェイツが詩的想像力の衰退を内在的にではなく、外在的に克服したとも受け取ることができるからである。もしそうならば皮肉まじりに「現代最高の耄碌詩人」と茶化したくなるというのが、ロークリフ、いや彼に代弁させている作者の偽らざる気持ちといえるだろう。

　バージェスのイェイツ評の当否は他にゆだねるとして、すでにおわかりのように、少なくともこの場ではロークリフの発言のうち2箇所を訂正しておかなければならない。ひとつは、イェイツが受けたのは猿の睾丸の移植手術ではなく、シュタイナハ回春手術であったという点だ。ただ、噂がまったく根も葉もないものに過ぎなかったかというと、必ずしもそうではない。なぜなら、1920年代のパリで活躍したロシアからの亡命外科医ヴォロノフ

---

1) アントニー・バージェス、出淵博訳『エンダビー氏の内側』(早川書房、1982年) 147頁。なお、出淵訳で「猿から睾丸のホルモンを貰った連中」となっている箇所は、原文の "the monkey-gland boys" により忠実に準拠し、「猿の睾丸を貰った連中」と改訳した。"gland" は解剖学用語として広く「腺」を指すが、文脈上「睾丸」と限定的に解釈した。また「絶対に、血まみれ男シュタイナハのお陰さ」は、原文の "..... by God, by grace of this bloody man Steinach" を拙訳し、出淵訳に付加したもの。ちなみに、"bloody man" は「とんでもない奴」とも訳せる。

（Serge Voronoff）が、インポテンツ患者を治療するために、実際に猿の睾丸を人間に異種移植していたからである。ヴォロノフの治療がいかに人口に膾炙していたかは、またもや『ジンプリチシムス』が彼の諷刺画（図3）を掲載していることから、うかがい知ることができる。戯画には、今まさに猿の睾丸を摘出しようとしているヴォロノフに向かって、患者の妻や子供たちが、ひとりでも食い扶持が増えると、ますます一家の生計が苦しくなることを懸念して、手術の中止を懇願している場面が、辛辣な筆遣いで描かれているのだ。それはさておくとしても、高名な文学者が猿の睾丸を移植されたとなれば、世間の関心を掻き立てるのは必定、贋情報がまことしやかに流布されたのである。[2]

もうひとつ訂正しなければならないのは、手術の執刀医がシュタイナハではなく、ノーマン・ヘア（Norman Haire）なる医師であった点だ。ヘアは1892年にポーランド系ユダヤ人移民の子としてシドニーで誕生。1915年、シドニー大学から医学士の学位を取得後、第1次大戦中はオーストラリア軍の軍医として従軍

図3 「ヴォロノフ教授の診察室にて」（『ジンプリチシムス』1926年8月30日号）

し、19年に渡英。1920年代から30年代にかけて、当時勃興しつつあった性科学（sexology）の分野、中でも産児制限や避妊・断種を推進する優生学（eugenics）の運動において、主導的な役割を果した人物だ。

　ともあれ、老イェイツはノーマン・ヘア執刀の下、ロンドンのボーモント・ハウス病院においてシュタイナハ回春手術を受けたのである。

真相は？

　イェイツが手術を契機に変身したことは、友人宛の手紙の一節を読むと、容易に察しがつく。1930年代初頭以降、詩人は老化による肉体的な衰え、ことに性的能力の低下に見まわれ、それに伴い創作意欲も減退していた。彼は自らが陥ったスランプ状態をこう評している――「私の想像力は停止し、躍動する兆候を見せません」（1932年6月9日付）「1年間で書いた詩といえば、20行から30行程度です」（1933年8月17日付）。ところが、手術後、事態は一変する。例えば、こんな調子である――「不思議なほど頑健で、前途に見込みがありそうです」（1934年6月1日消印）「仕事も房事も至って順

---

2) 回春手術は当時の英国の小説家の関心も惹きつけた。コナン・ドイル（Conan Doyle）はヴォロノフの異種移植から着想し、短編「這う男」（"The Adventure of the Creeping Man", 1923）を執筆し、またオールダス・ハックスリー（Aldous Huxley）は長編『道化踊り』（*Antic Hay*, 1923）の第22章においてシュタイナハ手術を施された猿を登場させ、同手術の流行を諷刺している。

調。ヘアが診察したところ、体調は万全でした」（1935年12月19日付）。[3] 数年前の意気消沈はどこへやら、詩人は完全に別人に変貌したようだ。

とはいうものの、最近の研究は、シュタイナハ手術がイェイツに及ぼした影響に関してすこぶる懐疑的だ。医学史家ウィンダム（Diana Wyndham）は手術自体の有効性を疑問視し、代わりに主治医ノーマン・ヘアのプラシーボ効果（有効成分のない偽薬の投与による心理効果などで患者の容態がよくなる現象）に着目している。「歩くプラシーボ」と呼ばれたカリスマ医師ヘアが、全身からオーラを発散しながらカウンセリングしたことこそ、効果絶大、詩人は仮に手術を受けなかったとしても、心理的・身体的な恩恵をこうむったかもしれないと推察している。[4] また、ある内分泌学の専門家は、シュタイナハ手術の治療効果は、せいぜい「心因的」なものであり、たとえ身体的なレベルで効き目があったとしても、「ほとんど確実に無視しうる」ものであったと結論づけている。詩人は「回春」したわけではなく、単に「幻想」に取り憑かれていたというわけである。[5] 極めつけは、イェイツ研究家エルマン（Richard Ellmann）がヘアから直接聞いた次のエピソードである。それによると、ヘアはイェイツの手術後の状態を検分するため、エセル・マニン（Ethel Mannin）という若い女流小説家を詩人に近づけ、情交を結ぶに至らせたところ、「役立たずであった」（"He could not have erections"）という報告を受けた

のだ。[6]

　はたしてイェイツの「男性自身」は機能不全のままであったのであろうか。それとも機能回復したのであろうか。本人も関係者も全員、鬼籍に入ってしまった以上、それはもはや確かめようがない。ただ明白なのは、シュタイナハ手術をきっかけに詩人が自信を取り戻し、新たに旺盛活発な創作活動を再開したことである。1930年代初頭の絶望に打ちひしがれたメランコリックな詩人など、あたかも存在しなかったかのように、1934年4月から死を迎える1939年1月までの5年余りの間、自他共に認める最高の作品を数多く執筆したことは、まぎれもない事実であるからだ。

情報源

　それでは、いつ頃、どのようにしてイェイツは手術に関する知識や情報を入手したのであろうか。この点に関しては、最初のイェイツ伝を著したホーン（Joseph Hone）が貴重な手がかりを提供してくれる。先述したように、手術日は1934年4月5日あるいは6日であるが、伝記作者によると、それより少し前の「1934年初頭」のある日、ダブリン滞在中の詩人は「まったく偶然」に

---

3) Allan Wade ed., *The Letters of W. B. Yeats* (Macmillan, 1955), 797; 814; 823; 845. 以下 *Letters* と略記。
4) Wyndham, 43.
5) Virginia D. Pruitt and Raymond D. Pruitt, 122.
6) Ellmann, *Four Dubliners*, 40.

手術のことを耳にしたらしい。当日の模様はこうである。

> 彼［イェイツ］は打ち沈んだ様子で元気なく友人宅を訪問するや、（略）たえず自己を改造しない限り、これ以上生きる意欲が湧かないと告げた。友人が適宜、身ぶり手ぶりをまじえながら、印象深くシュタイナハの著作の内容を解説したところ、現物をトリニティ・カレッジ附属図書館で読むため、彼は急ぎ立ち去った。その後、（略）彼は意を決し、手術を受けるためにロンドンへ向かった。（略）1ヵ月か2ヵ月後、彼が別人のごとく友人の事務所に大股で入ってきて、「済ませたよ」と口を開いた時、友人は一驚を喫してしまった。[7]

ホーンは、イェイツがトリニティ・カレッジ附属図書館で閲覧した「現物」が「シュタイナハの著作」("Steinach's book")であると述べているが、その可能性はかなり低いように思われる。なぜなら、シュタイナハ自身はイェイツの死去した1939年以前に英語の著作を刊行したことはなかったし、詩人は科学者の原典を読みこなせるほど十分なドイツ語能力を備えていなかったからである。では、閲覧した「現物」は何か。エルマンは、ノーマン・ヘアが1924年に出版した概説書『回春──シュタイナハ、ヴォロノフ、その他の研究』(*Rejuvenation: The Work of Steinach, Voronoff, and Others*)であろうと推定している。[8]

しかしウィンダムは、1934年7月10日付のスタージ・ムア（Sturge Moore）宛のイェイツ書簡から推察

し、ヘアの概説書ではなく、ドイツの外科医ペーター・シュミット（Peter Schmidt）が1928年に上梓した概説書の英訳版『老年期の克服——回春手段と機能増進法』（*The Conquest of Old Age: Methods to Effect Rejuvenation and to Increase Functional Activity*, 1931）の方が、有力ではないかと示唆している。ムア宛の手紙の中で詩人はこう披瀝しているのだ。

> 私が君に話した本は、ペーター・シュミット著、エドワード・チェダー・ポール訳、ラウトリッジ社刊の『老年期の克服』というものです。私が通った医師は［ロンドンの］ハーリー・ストリート127番地で開業するノーマン・ヘアでした。彼の場合、出費がかさみます。おそらく同じくらい優秀なのに、はるかに治療費の安い他の人を、［エドマンド・］デュラクが君に話しているだろうと思います。ノーマン・ヘアのことは『名士録』でわかります。[9]

エルマン説やウィンダム説と異なる見解を提示するのはチャイルズ（Donald Childs）である。彼は、シュミットの概説書を「イェイツが手術に先立って入手していたであろう」と想定しながらも、それが「イェイツがトリニティ・カレッジ附属図書館で探し出した唯一の本であったとは考えられない」と主張した上で、他にも「閲覧可能な多数の本」が存在し、それらが「ほぼ同一」の情

---

7) Joseph Hone, *W. B. Yeats 1865-1939* (Macmillan, 1942), 436-437.
8) Ellmann, *Four Dubliners*, 39.
9) Cited from Wyndham, 34-35.

報を詩人に提供したと指摘している。[10] ちなみに、詩人の蔵書目録に当たると、シュミットの概説書は所蔵確認できるが、ヘアのそれは見当たらない。

ことほど左様に、イェイツが「1934年初頭」にトリニティ・カレッジ附属図書館で閲覧したと推定される本をめぐっては、諸説紛々としており、今となっては特定することは難しいようだ。しかし、少なくとも1冊以上の文献を介して、彼がシュタイナハ手術の概要に通じていたことは、ほぼ間違いないであろう。

ただし、イェイツが「1934年初頭」に初めてシュタイナハ手術のことを耳にしたという点に関しては、疑問が残る。というのは、イェイツがインポテンツの症状を呈し始めたのは1920年代後半頃からといわれており、これが事実であるとすれば、「1934年初頭」よりもう少し早い段階で、シュタイナハ手術に関心の矛先が向かっていたとしても、少しも不思議ではないからである。また、たとえ彼が1920年代後半においてインポテンツの徴候を見せていなかったとしても、「1934年初頭」より以前に何らかの形で手術の話題に接しなかったとは、どうしても考えにくいのだ。すでに述べたように、手術は1920年代に「シュタイナハ・ウェイヴ」と称されるほど世間の脚光を浴びていたからである。しかし、そうはいっても、今のところホーン説以外に有力な手がかりはないので、接触時期についてこれ以上疑義を差し挟むことは控えておこう。

以上、ホーンの伝記的記述を基にして、いつ頃、どのようにしてイェイツがシュタイナハ手術に関する知識や情報を獲得したのかに関して、私見をまじえながら検討を加えてみたが、ここで要点をまとめておくとこうなる。

①遅くとも「1934年初頭」以降、イェイツがいかなるシュタイナハ手術関連の文献を読んだとしても、それらはほぼ同一内容である。
②従って、参照した文献の数が複数であろうと単数であろうと、詩人は手術に関する最低限の知識や情報を入手してしたと推察される。

　では、最低限の知識や情報とは何か。それを知るためには、シュタイナハの手術理論を概観しておかなければならない。

精管桔紮法（きっさつ）
　シュタイナハは1920年、10年にわたる内分泌学、とりわけ性腺ホルモンに関する研究成果を集大成し、主著『老化した生殖腺の実験的再活性化による回春』（英題 *Rejuvenation through the Experimental Revitalization of the Aging Puberty Gland*）を公刊する。主著の骨子のひとつは、男性ホルモンとインポテンツとの関係を考察したものであ

---
10) Donald J. Childs, *Modernism and Eugenics: Woolf, Eliot, Yeats, and the Culture of Degeneration* (Cambridge Univ. Press, 2001), 158.

る。考察は以下のように推移した。

①精巣を除去した雄ネズミに別の雄ネズミの精巣を移植した結果、レシピエントのネズミに、性器の発達、体毛の増加、筋肉の増強、喉頭の成長、声帯の肥大といった2次性徴の発現および精力の回復・増大を認め、そうした現象に男性ホルモンが深く関与していると結論づける。
②以前から去勢後の症状と老化現象（ことにインポテンツ）との類似性を熟知していたシュタイナハは、インポテンツを治療するためには男性ホルモンを供給すればよいのではないかと推察する。
③彼は実験を積み重ねた末、インポテンツになった雄ネズミの精管を縛ると、精巣を移植する場合と同じ効果が現れることを突き止める。

精管の縛り方は、正式には精管桔紮法（vasoligation）と呼ばれる。この方法のプロセスは次の通り。——精管を2ヵ所で縛る→2ヵ所の間を切除し、再び管の両端をつないで縛る→精子がライディッヒ細胞に蓄積する→蓄積する精子の圧力でライディッヒ細胞が萎縮する→萎縮の結果、ライディッヒ細胞の活動が活発化する→男性ホルモンの排出量が増大する、いった具合だ。手術の平均的な成功率は50パーセントから75パーセント程度であったと報告されているが、科学的データの大半が紛失し

てしまった現在、正確なことはわからないという。

シュタイナハは、放射線学者ホルツクネヒト（Guido Holzknecht）と共同で女性の回春手術も試みている。原理は男性の場合と同様である。すなわち、生殖作用を犠牲にする代わりに性欲や性的能力を昂進させ、肉体的にも精神的にも若返らせるというものだ。具体的には、卵巣に低量のX線を照射し、卵子を形成する細胞を根絶する一方、女性ホルモンを分泌する細胞を無傷のままで刺激するというものである。アメリカの小説家ガートルード・アサートン（Gertrude Atherton）は満66歳の時、新聞でシュタイナハ手術に関する記事を読むや、ただちに病院のあるドイツに渡り、手術を受けている。彼女の場合、枯渇した文学的想像力の再生が主な目的であったが、期待通り効果は絶大、旺盛な創作力が復活した。この成功に気をよくしたアサートンは、自らのX線療法の体験を素材にした小説『黒牛』（*The Black Oxen*, 1923）を発表した。これが大当たりし、版を重ねるベストセラーとなり、映画化までされている。

閑話休題。留意しなければならないのは、シュタイナハ手術が技術的には何ら目新しいものではなかったという点である。精管桔紮法は、断種目的や前立腺肥大の治療で以前から採用されていたからである。断種手術とシュタイナハ手術の違いといえば、前者では2本の精管を縛ったのに対して、後者では、通常、1本だけを縛ったという程度である。イェイツの場合はどうかといえば、ヘ

アは2本とも縛ったのではないかと推察される。[11)]

というわけで、シュタイナハ手術に関しイェイツが獲得していた最低限の知識と情報が明らかになった。確認の意味で要点を列挙しておこう。

①手術の主な目的は、一部ないしすべての生殖機能を犠牲にしながら、他方、性欲と性的能力の復活・増大を図ることである。
②手術の成功率は50パーセントから75パーセントである。
③手術法は精管桔紮法であり、断種に用いられる方法と同一である。

詩作と性愛

それにしても、なぜイェイツはシュタイナハ手術という外科的な身体改造を敢行したのであろうか。この疑問を解く鍵として、エルマンは、詩人における「詩作」("versemaking")と「性愛」("lovemaking")の表裏一体性を指摘している――「彼[イェイツ]の考えでは、詩作と性愛はつねに関連していた。一方を行えないことは他方を行えないということであった」。[12)] 詩人にあっては両者が連動しているので、性的能力の減退と共に詩的想像力が枯渇しても、何らかの手段を講じて性的能力を蘇生させれば、これに伴い詩的想像力も復活するというわけである。[13)]

そういわれてみれば、イェイツは初期の頃から創造行為と身体の結びつきをそれとなく暗示していた。小論「発見」("Discoveries", 1906) の中の「肉体の思考」("The Thinking of the Body") と題される項で、いささか回りくどい物言いではあるが、彼は次のように開陳しているのだ——「芸術は、(略) 抽象的なものすべてを、脳髄の中にしかないものすべてを、そして肉体の希望・記憶・感覚の全体から噴出する泉ではないものすべてを、忌避する」。[14] 特に「肉体から噴出する泉」("fountain jetting from.....the body") という表現は意味深長だ。それは射精の婉曲的な言い回しと見なすことができるからである。ここでイェイツは、創造力と性的機能がパラレルな関係にあることを示唆しているといっても差しつかえないであろう。この見解は初期では多少なりとも遠慮がちに表明されていたが、晩年に至ると、一転して単刀直入に打ち出される。シュタイナハ手術を受けた後の1936年に執筆された詩「拍車」("The Spur") において、詩人と等身大の「私」はあからさまにこう言明するのである。

---

11) Armstrong, 149
12) Ellmann, *Four Dubliners*, 40.
13) 詩と性愛、あるいは精神と肉体が必ずしも連動しないことはあり得る。いわゆる精力絶倫の男よりも、性の危機感や恐怖におびえている男の方が、エロティックな想像力の燃焼度が高いことは往々にしてあるからだ。本邦の文学作品では、谷崎潤一郎の『鍵』『瘋癲老人日記』や川端康成の『眠れる美女』のインポテンツを患う主人公などが典型。
14) Richard J. Finneran and George Bornstein eds., *The Collected Works of W. B. Yeats Vol. IV Early Essays* (Scribner, 2007), 212.

この歳になって情欲と怒りにつきまとわれるとは
なんておぞましいこととあなたは言う。
若いときはこれほど手に余りはしなかったが。
私を歌に駆り立ててくれるものがほかにあるか？

（高松雄一訳）

You think it horrible that lust and rage
Should dance attention upon my old age;
They were not such a plague when I was young;
What else have I to spur me into song?　　(*CP*, 359) [15]

　創造力と性愛を直結させるイェイツは、もしかしたら、20世紀初頭に流布していた科学的な言説と意識的・無意識的な共振関係を持っていたかもしれない。例えば、1908年にノーベル生理学・医学賞を受賞した現ウクライナ出身の微生物学者・免疫学者メチニコフ（Ilya Ilich Metchnikoff）の言説は、振動を引き起こした震源として有力である。「老化は消化管から」と唱えた彼は、消化管内の微生物のバランスが崩れると、動脈硬化の原因となる有害な腐敗菌が増殖し老化が起きるが、腐敗菌を駆逐する乳酸菌を増殖させれば、老化を予防することができると提唱したことで、つとに有名だ。その彼が「芸術的な天分、おそらくありとあらゆる種類の天分は、性的活動と密接に関連している」と公言しているからである。[16]

　またアメリカの心理学者スタンリー・ホール（Stanley Hall）は著書『老化』（*Senescence*, 1922）の中で、性腺-

性欲-脳の連動を強調しながら、こう力説している──「性腺は、ある種の生命維持に不可欠な分泌液を血液中に流入させながら、色欲だけではなく、さまざまな大脳エネルギーや筋肉エネルギーを刺激し、活力感・幸福感・人生の充足感を提供する。しかし、当の感覚も、それらの源泉が老齢で干からびたようになり始めると、消滅してしまう」。[17] 特に芸術家や思想家などにとって老化は深刻な事態だ。それは、単に性的能力に関係するだけにとどまらず、広く精神的な活動万般にも影響を与えることになるからである。

「干からびた」("dry")は、「不毛な」("sterile")と共に、1920年代の性科学関連の文献において頻出する単語である。年老いると肉体と精神が「干からび」「不毛」になる。老いはネガティヴに捉えられていたのだ。これは往々にして若さをポジティヴに捉える態度に反転する。老いは退化・死・不能・不感症を表象するのに対し、若さは進歩・生命・性を表象すると見なされ、大々的に信奉された結果、「青春病」が伝染病のごとく蔓延したのである。当時、ロンドン中心部の地区に集まった文学者・知識人の前衛的な集団──ブルームズベリー・グループ（Bloomsbury group）──が、自らをモダ

---

15) *VP*, 591によると、2行目の "dance attention upon" は、詩が1938年刊の『新詩集』(*New Poems*) に収録された時には、"dance attendance upon" と表現されている。
16) Cited from Gullette, 24.
17) Cited from Gullette, 23.

ニストと称し、若さを強調しながら、ウェルズ（H. G. Wells）やベネット（Arnold Bennett）といった前世代の古臭い文学を全面的に否定したが、それはこうした「青春病」に感染していたためかもしれない。[18]

1920年代のホルモン決定論的な言説としてもうひとつ着目しておきたいのは、アメリカの生化学者ルイス・バーマン（Louis Berman）の著書『人格を規定する性腺』（*The Glands Regulating Personality*, 1921）である。性腺を筆頭にして内分泌器官があまねく人間の人格・気質・精神などを統制し、ひいては人類の進化にまで影響を与えると説く同書を書評で取り上げ、その趣旨に深く共鳴したのが、アメリカ出身のモダニズム文学の巨匠エズラ・パウンド（Ezra Pound）であった。この詩人批評家は、芸術的創造活動を性愛の隠喩で表現したり、脳内の流動体を精液の類同物として捉えたりするほど、バーマンの科学的な言説に入れ込んでいた。パウンドいわく——「個性的な天才とは（略）、彼において（質的にも量的にも）精液の圧力がこれまでになく突然高まって、それが過剰のあまり、上方に向かって噴出、ついに脳髄（略）の中に達し、新たな収穫、新たな成果をもたらしている人間である」。[19]

このパウンドが、1913年から16年にかけて都合3回の冬を、英国南部サセックス州のストーン・コテージでイェイツの私設秘書として一緒に過ごし、イェイツを強靭な現代詩人に変貌させる天才的な産婆役を果たしたこ

とは、よく知られた文学的事件である。またこの時、ロンドンで客死したアメリカの東洋美術史家フェノロサ（Ernest Fenollosa）の能に関する膨大な知見をパウンド経由で伝えられたイェイツが、その後、能を範にした戯曲を創作したことも、記憶しておいていただきたい。それはともかく、パウンドを介して肉体と精神の一体性を説くバーマン流の生理学にイェイツが少しでも触れていた可能性は十分ある。なぜなら、友人オリヴィア・シェイクスピア（Olivia Shakespear）——娘ドロシー（Dorothy）は1914年にパウンドと結婚——が、1926年2月2日付の詩人宛の手紙において、バーマンの「化学的‐機械的な宇宙観」を称賛しているからである。[20]

自己生成

　さて、イェイツとシュタイナハ手術といえば、事の性質上やむを得ないとはいえ、詩人に手術の効果があったのか、なかったのか、あったとしたらどのようなものであったのかといったように、これまでもっぱら手術が

---

18) Gullette, 26を参照した。
19) Ezra Pound, *Pavannes and Divagations* (New Directions, 1958), 213. なお、Demetres P. Tryphonopoulos and Stephen J. Adams eds., *The Ezra Pound Encyclopedia* (Greenwood, 2005), 269-270によると、パウンドのセクシュアリティを形成する上で威力を発揮した原典は、バーマンの著作の他にフランス象徴派の文学者レミ・ド・グールモン（Remy de Gourmont）の *Physique de l'amour: Essai sur l'instinct sexuel* (1903)［田辺貞之助訳『愛の生理学』（角川新書、1958年）］がある。パウンドは1922年に同書の英訳本を刊行。
20) John Harwood ed., "Olivia Shakespear: Letters to W. B. Yeats", in Warwick Gould ed., *Yeats Annual No. 6* (Macmillan, 1988), 67.

彼の作品とかけ離れたところで論じられることが多かった。しかし、ひとたびシュタイナハ手術を支える理論それ自体に目を向けてみると、理論とイェイツ作品との間に無視し得ない一本の糸が、おぼろげながら浮かび上がってくるのである。一本の糸とは、すでに述べたように、「自己生成」という概念だ。

　この点を理解する上で示唆に富む透察を与えてくれるのは、『モダニズム、テクノロジー、身体』(*Modernism, Technology, and the Body*) の著者アームストロング (Tim Armstrong) である。彼は、シュタイナハの手術理論が20世紀初頭の先端的な内分泌学の研究に基づきながら、他方では男性のセクシュアリティをめぐるふたつの連結した思考様式、すなわち「精液の経済」("spermatic economy") と「精液エネルギー」("seminal energy") に根差していることを指摘した後で、次のように主張しているのだ。

> シュタイナハ手術は、(略) 自己生成というイメージにふさわしい身体的な場を提供した。精液を生殖に使用するというよりもむしろ生理学的なエネルギーに転換するという理論は、イェイツ後期のセクシュアリティのもつ自発性 ("the self-directed nature") を立証するものとなった。[21]

　「精液の経済」というのは、肉体内のエネルギーを閉じたシステムで捉え、ある器官・組織で過度にエネルギーが消費されると、別の器官・組織でエネルギーの消

耗・枯渇が起きてしまうと見なす19世紀の生理学的思考法である。例えば、頭を使い過ぎると、脳内の神経組織が衰退し、それを補修するために大量の神経エネルギーが使用される結果、一見無関係と思われる精巣における精液の製造能力も弱まってしまうというわけだ。あるいは逆に、過度の性交で精液を使い果たすと、今度は脳内の知的エネルギーが払底してしまうと考えられたのである。そんなわけで、浪費は当時、経済的な次元のみならず、生理的な次元においても、悪徳と見なされ、厳しく戒められたのだ。[22]

「精液エネルギー」という思考様式は、胎児発生の主役はあくまでも精子という男性的要素であり、女性は栄養源を提供する補助的存在にすぎないというものである。これは遠くアリストテレス（Aristotle）の思想に端を発している。哲学者に従うと、生殖においては常に、精神などの人間存在の本質を伝えているのは男性であり、女性は肉体の素材を付与しているだけにすぎない。男性的原理の優位を標榜するこのアリストテレス流生殖観は、中世やルネサンスの錬金術師たちの人造人間(ホムンクルス)造成法や、17・18世紀に流行した前成説の精子派（全人類はアダムの精子の中に入れ子状に胚胎されていると主唱する一

---

21) Armstrong, 149-150.
22) 英国のヴィクトリア女王時代、「精液の経済」説が流布していたことを反映してか、精液漏（spermatorrhea）と呼ばれる病気に関して、おびただしい数の医学文献が発表されたことは興味深い。精液漏については、特にStephens論文を見られたい。

派)を経て今日に至るまで、西欧文化を貫流している。

シュタイナハの手術理論も、体内エネルギーの閉鎖システム論に基づいていることは、明らかだ。2本の精管のうち、片方あるいは双方を一部切除した上で、管の両端をつないで縛ることにより、半分あるいはすべての生殖機能を犠牲にする代わりに、その分だけ精液のエネルギーを性欲や性的能力の回復・増強に充てることを、シュタイナハはもくろんでいたからである。まさにそこには「救済としての切除」("saving cut")[23]という交換の原理が働いているといえよう。

こうして、心身共に衰えきった「自己を改造しなければならない」("Myself must I remake")(*CP*, 347)と見定めてイェイツが踏み切ったシュタイナハ手術は、「自己」の中に「自己」の「精液」を「注入」し、精液を閉鎖的な「自己」の身体内で生理学的なエネルギーに転換するという、いわば「自己授精」("self-insemination")を目指す点において、「自発」的に「自己」を自力で「改造」することを企てる後期イェイツのセクシュアリティの特徴と合致する。しかも、シュタイナハ手術を受けた男性患者は、「自己授精」するわけであるから、いわば自らが自らの「父」となる。性的エネルギーを溜める一種の貯蔵庫と化し、体重が増加した男性患者の「健康な」姿は、驚くなかれ、「妊娠」の徴候を連想させたということだ。[24]

「精液の経済」と「精液エネルギー」という二大パラ

ダイムを根幹に据えたシュタイナハの手術理論が、「自己授精」という概念を惹起し、それがひいては後期イェイツのセクシュアリティを特徴づける「自発」的な「自己生成」に通底するというアームストロングの考察は、従来のイェイツ研究においてほとんど提示されたことがないだけに、大いに傾聴に値する。そこで、この啓発的な考察に触発されてイェイツ作品を読み直してみると、興味深いことに、シュタイナハ手術の以後だけではなく以前においても、「自己生成」のイメージがここかしこに散りばめられていることに気づく。次章以下では、「自己授精」に基づく「自己生成」のイメージが、とりわけ詩集『塔』(*The Tower*, 1928) 以降の後期イェイツ文学において、いかに重要な役割を果たしているかを、具体的な作品をできる限り詳細に検証することによって明らかにしてみたい。

---

23) Armstrong, 152.
24) *Ibid.*, 149.

第2章　単為生殖

ゼウス

　まず引用したい作品は、戯曲『復活』(*The Resurrection*) の中の合唱歌として書かれた詩「ある劇より歌二篇」("Two Songs from a Play", 1927) の第1部第1連である。この詩連は、両性具有神話(アンドロギュヌス)を巧みに潜ませながら、ギリシア神界の最高神ゼウス (Zeus) の「自己生成」的な単為生殖を暗々裏に描いている。

> 私は見た、ひとりの処女がじっと眼を凝らして
> 神聖なディオニュソスの死んだ場所に立っているのを。
> そして脇腹から心臓を抉り出し、
> 手に載せて
> 鼓動するその心臓を運び去るのを見た。
> それから美神たちはそろって
> 春に祝う「大いなる年」を歌った、
> まるで神の死がひとつの劇にすぎぬかのように。
> 　　　　　　　　　　　　　　　　　　（小堀隆司訳）

> I saw a staring virgin stand
> Where holy Dionysus died,
> And tear the heart out of his side,
> And lay the heart upon her hand
> And bear that beating heart away;
> And then did all the Muses sing
> Of Magnus Annus at the spring,
> As though God's death were but a play.　(*CP*, 239)

　ゼウスとセメレー（Semele）の間に誕生したディオニュソスが、オリュンポス（Olympus）の神々と敵対するティーターン（Titan）神族によって八つ裂きにされると、「じっと眼を凝らし」た知恵・芸術・戦術の女神アテーナー（Athena）が、ディオニュソスの脇腹から、まだ鼓動している心臓をえぐり出し、ゼウスのもとに運んだところ、その心臓を飲み込んだゼウスが、再びセメレーと交わってディオニュソスを再生させた、という神話が語られている。

　ディオニュソスが詩の舞台前景に躍り出ているが、実はキリストとディオニュソスを二重化した構造になっている。旧暦の3月、つまり太陽が白羊宮と魚座の間に入り、月が乙女座のそばに来る時、双方は共に、いったん死んだのち復活するので、重層化が成立するのである。[25]〈大いなる年〉は興亡する宇宙の周期を指す。「春」に〈大いなる年〉を歌うとは、巨大な周期が一巡を終え、新たな運行を開始することを「祝う」ことだ。この一大転換期にディオニュソス（＝キリスト）の死と復活に立ち

会う美神たちは、「まるで神の死がひとつの劇にすぎぬかのように」歌う。この美神たちの冷ややかな態度には、「神の死」という壮大なドラマも、何度も繰り返されているうちに茶番狂言と何ら変わらないものになってしまうという、作者イェイツの覚めた意識が投影されているようだ。

さて、この詩連の深部には、男神による単為生殖の物語が隠されている。それはアテーナー女神の出生にまつわるものである。——ゼウスは、最初の妻メーティス（Metis）との間に生まれようとしている子が男児であれば、彼自身よりも聡明で強大な力を持つであろうという予言を授けられるや、その子に王座を奪われることを危惧し、妊娠中の妻を胎児もろとも丸呑みにしてしまう。しかし、胎児はゼウスの頭に移動して生き残る。メーティスが胎児のために甲冑を作ったため、激しい頭痛に襲われたゼウスは、鍛冶の神ヘーパイストス（Hephaistos）に斧で頭蓋骨を叩き割るように命じる。命令が実行されると、頭の中からアテーナー女神（図4A・B）がひょっこり飛び出してきた。成人した姿の女神は完全武装し、「分別ある戦争」を象徴する長い槍を携えていた。いわばゼウスは、エディプス・コンプレックス的状況が出現する前に、機先を制して体内で反逆児

---

25) Richard Ellmann, *The Identity of Yeats* (Oxford Univ. Press, 1964), 260-261 の指摘に依る。

図4A 《パラス・アテーナーの誕生》(ドイツの錬金術師ミハエル・マイエル『逃げるアタランテー』1617年)

図4B グスタフ・クリムト《パラス・アテーナー》(ウィーン市立歴史美術館、1898年)

を知性の女神に変性させたのである。[26]

　比較宗教学者エリアーデ(Mircea Eliade)によると、小アジアのラブランダでは、胸の上に三角形に並んだ6つの乳房を持つ、ひげの生えたゼウスの像が崇拝されていたし、ゼウスの正妻ヘーラー(Hera)は単独でヘーパ

イストスを産んだが、この女神の顔はアンドロギュヌスの相貌を呈していた。またデュオニュソスについていえば、幼年時代に女児として育てられている。「デュアロス（両性の者）」と呼ばれるこの神は、他のいかなる神よりも両性具有的な性格を顕著に帯びていた。悲劇詩人アイスキュロス（Aeschylus）の残した断片には、ある者がディオニュソスの姿を見て、「どこからお前は来たのか、男女よ。お前の国はどこか」と尋ねるくだりがあるという。このデュオニュソスがのちに男根を切除される憂き目に遭うのも興味深い。[27]

　アテーナー女神を生んだゼウスの行為は複雑である。一度はメーティスと交合しているので、それは語の厳密な意味においてアンドロギュヌスによる単為生殖と呼ぶことはできないが、男神がたとえ頭からとはいえ胎児を「出産」したという点では、一種の単為生殖を成し遂げ

26）種村季弘『怪物の解剖学』（河出文庫、1987年）265-267頁を参照した。なお、『塔』所収の訳詩「コロノス礼讃」（"Colonus' Praise", 1927）の一節、「鍛練場に拡がるあの森には／自ら播かれ、自ら生まれ出たものが繁茂し／アテナイの知性に第一級の卓越さを賦与している」（小堀隆司訳）（"And yonder in the gymnasts' garden thrives / The self-sown, self-begotten shape that gives / Athenian intellect its mastery"）（*CP*, 245）は、アテーナー女神が「自己生成」的な樹木の「卓越さ」を秘めていることを示唆している。また一説によると、アテーナーは山羊皮楯を手にし、巨人パラス（Pallas）から剥ぎ取った皮膚でこしらえた鎧を身にまとい、その楯あるいは鎧の上に、頭髪が蛇で眼が人を石化させるメドゥーサ（Medusa）の首を護符として据えていた。クリムト作品はこの一説も部分的に踏まえているようだ。首を切り取られるメドゥーサの物語は、第4章で論じる斬首のテーマにつながる。ちなみに、皮剥ぎ神話全般の考察としては、谷川渥「マルシュアスの皮剥ぎ」『鏡と皮膚』所収（ちくま学芸文庫、2001年）143-183頁を見られたい。
27）エリアーデ、139-140頁。

たと見なしても差しつかえないのではなかろうか。そして、「梟（ふくろう）」の「眼を凝ら」し、神々や大地を震撼させたほど怖ろしいアテーナー女神の性格を浮き彫りにするために、ゼウスの「自己生成」譚が詩の深部に埋め込まれていることを、ぜひとも把握しておく必要があるだろう。

荒ぶる神エロース

　エリアーデに従うと、あらゆる民族に共通する宇宙発生論にはアンドロギュヌスの神話が存在する。人間の歴史は、両性具有として表わされた原初の単一体が、性の分離によって、二元的な存在になると共に始まるのである。しかし、いったん分離した個体はやがて、反対物との合一を図りたいという欲望を芽生えさせ、原初の単一体を希求する。[28]この合一への夢は、イェイツの詩「学童たちの間で」（"Among School Children", 1927）の第2連において、美しい宇宙卵のイメージで提示される。

　　私は夢みる。レダのような姿を。消えてゆく
　　火の上に身をかがめて、彼女が語った
　　きびしい叱責の話や
　　子どもらしい日々を悲劇に変えた些細な出来事のことを。
　　その話が語られると、私たち二人の性格は
　　若々しい共感から、まじり合ってひとつの球体か、
　　あるいはプラトンの比喩を少し変えるなら
　　ひとつの卵の殻の中の黄身と白身になるように思われた。
　　　　　　　　　　　　　　　　　（出淵博訳、一部改変）

I dream of a Ledaean body, bent
Above a sinking fire, a tale that she
Told of a harsh reproof, or trivial event
That changed some childish day to tragedy ——
Told, and it seemed that our two natures blent
Into a sphere from youthful sympathy,
Or else, to alter Plato's parable,
Into the yolk and white of the one shell. 〔*CP*, 243〕

「プラトンの比喩」とは、哲学者が有名な『饗宴』（英題 *Symposium*）の中で喜劇詩人アリストファネス（Aristophanes）に語らせているアンドロギュヌス神話を指す。[29] それによると、人間の始原形態には3種あった。第1は男性、第2は女性、そして第3は男女の両性を結合したもうひとつの性である。現在は消滅した第3の両性具有者の姿は球状を呈し、球の周りをぐるりと背中と脇腹が取り巻いていた。手は4本、脚は4本、顔は首の上で左右反対向きに2つ、耳は4つ、これに準じてその他の部位もすべて想像通りの格好をしていた。恐ろしい力と強さを秘めた両性具有者たちが神々を攻撃するために天に昇ろうと企てたため、怒ったゼウスは神々と協議の末、彼らの兇暴性を失わせるべく、「髪で卵でも切るように」彼らを一人残らずまっぷたつに切断した。両断されてしまった第3の人間はそれ以来、元の両性具有の身体に戻りたい一心で、みなそれぞれ己の半身を熱烈に

28）エリアーデ、145-147頁。
29）プラトン、久保勉訳『饗宴』（岩波文庫、1952年）82-86頁。

求め合ったということだ。

　問題の第2連では、進歩的な教育法を実施する女子修道院附属学校を視察した60歳の上院議員の「私」が、未知の訪問者をじっと見つめる学童たちの眼に遭遇した途端、少女の頃の恋人モード・ゴン（Maud Gonne）を夢想する。往時の彼女は、絶世の美女の誉れが高かったスパルタ（Sparta）の王妃レーダー（Leda）のような姿をしていた。彼女が以前、「きびしい叱責の話」や「些細な出来事」を語った時、「二人」は「若々しい共感から」融合して、「ひとつの球体」ないし「ひとつの卵の殻の中の黄味と白身」と化したかのように思われた。しかし、それは昔の話である。一体感はもはや存在しない。今や「二人」は別々だ。詩の第4連に滲み出ているのは、過去と現在の間に横たわる作者の深い断絶の意識である。片や、レオナルド・ダ・ヴィンチ（Leonard da Vinci）の「十五世紀の指」が造形したかと思わせるほどの佳人も、時間の腐食作用には抗しきれず、見るも無残な老醜を晒しているし、片や、濡れ羽色の黒髪を生やしていた眉目秀麗な青年も、老いぼれ「案山子（かかし）」に変じてしまっている。そんな落差の感覚だ。

　ところで、プラトンによれば、二元に分裂したものを再び原初の一元へと復帰させるのはエロース（Eros）神の力である——かくも「昔から相互の愛［エロース］は人間に植えつけられていた。それは人間の昔ながらの本性を再合せしめて、二つの者から一つの者を造り、そうして人間

の性質に治癒をもたらすことを企てているのである」[30]。エロースと聞くと、今や人間の内部に巣くう淫欲の異名になっているが、本来は外部から人間に突発的に襲いかかってくる恐るべき力を意味し、この圧倒的な力に支配され翻弄されてしまう内なる魂の受難を指す。しかし、どうやら凄まじい神というエロースの本質はプラトンの時代においてすら、すでに忘れ去られていたらしい。

　前述したように、プラトンはアンドロギュヌス神話をアリストファネスに語らせたのだが、それには理由があった。喜劇詩人は『鳥』（英題 *The Birds*）において、エロースの末裔と称する鳥の合唱隊に、他のオリュンポスの神々によって影の薄い存在に貶められてしまった先祖の起源を、次のように歌わせているからである[31]。

> はじめにあったのはカオス（混沌）と夜と黒いエレボス（暗闇）と広いタルタロス（奈落）。ゲー（大地）もアーエール（大気）もウーラノスもなかった。エレボスの涯のない胸の奥に黒い翼を持つニュクスがまずはじめに風卵を産む、季節がめぐりそこから生まれ出たのは憧れをかきたてるエロース、背中を黄金の翼で輝かせ、吹きつける旋風に似たもの。[32]

30）プラトン、前掲書、86頁。
31）William H. O'Donnell and Douglas N. Archibald eds., *The Collected Works of W. B. Yeats Vol. III Autobiographies* (Scribner, 1999), 151において、イェイツは子供の頃、『鳥』を読み、鳥が人間を嘲笑する一節に接し、快哉を叫んだというエピソードを記している。
32）久保田忠利他訳『ギリシヤ喜劇全集2』（岩波書店、2008年）261頁。引用文中のカッコ内の語は著者が付記したもの。なお、『ギリシャ喜劇Ⅱ アリストパネス（下）』（ちくま文庫、1986年）50頁の呉茂一訳も見られたい。

夜が単為生殖で「風卵」を産み、そこからエロースが生まれ出たというこの誕生譚は、叙事詩人ヘシオドス (Hesiod) の語る神統系譜学と重なる部分が多い。叙事詩人によると、天地ができあがった時、最初に混沌が出現し、その混沌から大地と共に「不死の神々のうちでも並びなく美しい」エロースが生まれ、「この神は四肢の力を萎えさせ、神々と人間ども、よろずの者の胸うちの思慮と考え深い心をうちひしぐ」ほどの強大な力を発揮する。[33)] ともあれ、「風卵」から誕生したエロース神は、「大初の未発の元気であり、一切の相反するものを包蔵しつつ、あらゆる秩序の形成に先立って存在する力の根源にほかならない」のである。[34)]

　イェイツはかつての恋人モード・ゴンと合体して「球体」状のアンドロギュヌスと化したかのように、あるいは両人で一個の宇宙卵を形成したかのように想像した。この至福の瞬間を「プラトンの比喩」に絡めて提示した詩人が、「一切の相反するものを包蔵」し結びつける「自己生成」的な両性具有神エロースを、詩の表面にあからさまに登場させてはいないものの、隠然たる「力の根源」として意識していたといっても、決して過言ではないであろう。

閃光

　以上、ゼウスとエロースという神話上の両性具有神に着目し、これら「自己生成」する神々がイェイツ作品に

おいて表だって姿を見せないけれども、詩的構造を背後から支える重要な役割を演じていることを指摘してみた。続いて、語り手「私」に突然訪れた特権的な「自己生成」の瞬間を捉えた作品に移りたい。それは「グレンダロッホの渓流と太陽」("Stream and Sun at Glendalough", 1932) と題される詩の第3連である。

> いかなるものの動きが私の身体を刺し貫く閃光を
> 放射したのであろうか。
> 太陽か渓流か、はたまた瞼であろうか。
> 何が私を生存せしめたのであろうか。
> 自ら生まれ、新たに誕生するかに見えるこれらのごとくに。
>
> What motion of the sun or stream
> Or eyelid shot the gleam
> That pierced my body through?
> What made me live like these that seem
> Self-born, born anew?　　(*CP*, 289)

シュタイナハ手術を受ける2年ほど前の1932年6月、

---

33) ヘシオドス、廣川洋一訳『神統記』(岩波文庫、1984年) 120頁。
34) 大沼忠弘「戀の翼——プラトーンのエロティシズム」澁澤龍彦編『エロティシズム』所収 (青土社、1973年) 141頁。同論文によると、竪琴の名手オルペウス (Orpheus) を信奉する古代密教では、やはりエロース神は、原始の宇宙卵から生まれ、翼を持ち、両性を具有し、単為生殖を行うと考えられていた。なお、Kathleen Raine, *From Blake to A Vision* (The Dolmen Press, 1979), 15によると、イェイツに多大な影響を与えたロマン派詩人ブレイク (William Blake) の『天国の門』(*The Gates of Paradise*, 1793) に収められた挿絵《ついに孵化する機が熟し、彼 [「永遠の人間」("Eternal Man")] は殻を打ち破る》(図5) には、エロース神にまつわるオルペウス教の宇宙卵神話が反映しているという。

At length for hatching ripe
he breaks the shell

図5 ウィリアム・ブレイクの挿絵（大英図書館）

　肉体的にも精神的にも不調の真っ只中にあったイェイツは、ダブリン南郊の渓谷グレンダロッホを訪問する。ここはアイルランドにおける初期キリスト教の聖地のひとつであり、当時の教会や修道院の廃墟が残っている。この渓谷近くに詩人が以前求婚したことのある女性が住んでいた。モード・ゴンの姪に当たる養女イズールト・ゴン（Iseult Gonne）である。彼女は小説家フランシス・スチュアート（Francis Stuart）と結婚したが、夫との折り合いが悪く、失意のうちに暮らしていた。「私」は、「複雑な動き」を示す「渓流」や「空を滑る太陽」を目にして、「陽気な」気分に浸ったように思ったのも束の間、過去に仕出かした「愚行」（＝求婚）を思い起こすや、「後悔」の念に打たれ、「私とは何者か」と自問する。するとその瞬間、「閃光」が「私」の全身を貫通したのだ。

　「自ら生まれ、新たに誕生する」とは、まぎれもなく

「自己生成」のイメージである。詩人と等身大の「私」は自らを「自己生成」する存在になぞらえているのだ。副合語を構成する "self-" は、イェイツの詩作品にあっては、ある至福の一瞬や状態を告知する際に頻繁に用いられる。例えば「わが娘のための祈り」("A Prayer for My Daughter", 1919) において、「根源的な無垢」("radical innocence") を回復した魂が「自らを喜ばせ、和らげ、恐れさせる」("self-delighting, / Self-appeasing, self-affrighting") 瞬間がその典型だ（*CP*, 214）。詩人≒「私」は題名が示唆するように、「渓流と太陽」の「複雑な動き」が突然放射した「閃光」に刺し貫かれて、自らが「自己生成」する存在と化す僥倖に見舞われたのである。この稀有な一瞬を経験してから2年余りのち、老齢のため「骨のように干からびていた」「空の器」(the "empty cup") (*CP*, 251) を、イェイツは内側から「自力」で満たすべく、シュタイナハ手術に踏み切るが、この時、前々年に訪れた特権的な至福の再来をもしかしたら希求していたかもしれない。

第3章　神聖授精

シヴァ神

　さて、シュタイナハ回春手術を受けた1934年4月以降に発表されたイェイツの最高の作品のひとつ、12篇の連作詩「超自然の歌」("The Supernatural Songs")になると、俄然、「自己生成」のイメージが鮮明に現れるようになる。この連作詩は1934年の一時期から同年末あるいは翌35年初めにかけて執筆されたと推定されている。[35] まず、第7篇「いかなる魔法の太鼓か」("What Magic Drum?")の第1連を見てみよう。

　彼は欲望を抑え、ほとんど息を止める。
　〈原初の母性〉が彼の四肢を見捨てぬように、
　子供が歓びを飲み干しながら、休めるように。
　歓びはまるで彼の乳房から出る乳のようだ。

---

35) A. Norman Jeffares, *A New Commentary of the Poems of W. B. Yeats* (Macmillan, 1984), 350-358.

He holds him from desire, all but stops his breathing lest
Primordial Motherhood forsake his limbs, the child no longer rest,
Drinking joy as it were milk upon his breast.

(*CP*, 331.)

　一見すると、詩連は5行から成り立っているように思われるかもしれないが、"lest"と"longer"が小文字で始まっているので、それらは前行の末尾に位置すると見なすことができる。従って、詩連の3行では"lest"-"rest"-"breast"という語が脚韻を踏んでいる。さらに、"Primordial Motherhood"と"the child"が単数名詞であるにもかかわらず、続く動詞"forsake"と"rest"が原形になっているのは、"lest.....should"「～しないように」の構文では、"should"が省略された場合、その後の動詞は原形になるからである。というわけで、"lest.....should"と"no longer"が連動することで二重否定となり、文意が肯定的な意味に転じていることを見逃さないでおきたい。

　この詩篇を含む「超自然の歌」全体に関しては、出淵博論文が「ひとつの構造体」として綿密に分析しており、洞察力に満ちた詩の読解の可能性を示してくれる。しかし、「いかなる魔法の太鼓か」が「人間の母親に子をなさしめた超自然的な父親の不安を描いている」と解釈している点については、いささか疑義を差し挟みたい。[36]なぜなら、出淵論文によると、「子供」は「人間の母

親」と「超自然的な父親」との交合から生れたことになるが、「超自然的な父親」という指摘には同意するものの、"Primordial Motherhood" を「人間の母親」と捉えることは妥当ではないと考えるからである。2語は大文字で始まっているので、強調の意味を込めてカッコ付きで〈原初の母性〉と試訳してみたが、〈原初の母性〉である以上、「人間の母親」ではなく、何か神性を帯びた存在を連想させる。しかも「超自然的な父親」は「彼」と表記されている以上、男ということになるが、「歓びはまるで彼の乳房から出る乳のよう」という仮定法の直喩が示すように、〈原初の母性〉を兼ね備えており、いわば両性具有的な「彼」が「自力」で「子供」をもうけたかのような印象を受けるのである。[37]

「超自然の歌」の執筆時期は、イェイツがインド人の友人プロヒット・スワミ（Purohit Swami）からヒンズー教の聖典ウパニシャッドの奥義を教示された時期と重なる。とすると、男根(リンガ)と女陰(ヨーニ)を併せ持ち、両性具有神にして世界の破壊者／創造者たるシヴァ（Siva）が、「彼」に投映されていることは十分考えられることである。「彼」は、厳密な意味で両性具有神ではないが、〈原初の

36）出淵博『出淵博著作集1 イェイツとの対話』（みすず書房、2000年）72頁。
37）詩篇の第2連末行の問い、「いかなる獣がその子をなめたのか」（"What beast has licked its young?"）（*CP*, 331）が鮮烈に開示するように、「超自然の父親」たる「彼」は「獣」でもある。それは、所有代名詞を"his"から"its"へ、「子供」の表記を"the child"から"young"へ変化させるといった巧妙な措辞によっても、看取できる。神性を帯びた存在と動物との往還関係は、のちほど触れるゼウスと白鳥の間にも見られる。

第3章　神聖授精　49

母性〉を秘めている点で、一種のアンドロギュヌスと見なすことができるのではなかろうか。そして作者イェイツは、どうやら「自己授精」を行う両性具有的な「彼」に自己を重ね合わせているようなふしがあるのだ。

テイレシアース

　そこで興味深いのは、イェイツ自身が心理的なアンドロギュヌス的状況、あるいは一種の心理的なテイレシアース的状況に陥ることがあった点である。

　テイレシアース（Tiresias）は古代ギリシヤの都市国家テーバイ（Thebes）の名高い予言者である。彼は男女両性に通じ、しかも盲目であった。なぜ彼が男女両性に通じるようになったのかに関しては、諸説あるが、最も有名なものは次の通りだ——。テイレシアースはある時、山中で交接している2匹の蛇にでくわす。それらを棒で乱暴になぐったところ、不思議なことに彼は男から女に変わってしまい、その状態が7年も続いた。8年後、彼は同じ2匹の蛇が交合している場面に再び遭遇する。その時「お前たちをなぐると、なぐった者の性を変える力が出てくるようだから、もう一度なぐってみよう」と宣言して、それを実行に移す。まんまと予想が的中し、元通りの男の身体に戻った。テイレシアースの噂は、男女いずれが性行為においてより大きな快楽を味わうかについて議論していたゼウスとその妻ヘーラーの耳に入る。そこで、質問を受けたテイレシアースは、性交の喜びを10

とすれば、男女の快楽の比は1対9で女に軍配が上がると答えた。すると、反対意見のヘーラーは怒りのあまり、彼を盲目にしてしまう。それを遺憾に思ったゼウスは罪滅ぼしに予言の力を彼に授けたということである。[38]

イェイツを見舞った一種の心理的なテイレシアース的状況は、例えば、1935年から36年にかけて親密に交際した女流詩人ドロシー・ウェレズリー（Dorothy Wellesley）に宛てた、1936年11月28日付の手紙の一節に如実に現れている。

> 貴女があの少年らしい動きで部屋を横切った時、貴女を見つめたのは私の中の女であって、決して男ではありませんでした。これまでになかったほど［私の中の］女に自己表現させることができるような気がします。私はその女の目でしかと見ました。その女の欲望も共有しました。 [39]

ドロシーは1914年、のちに第7代ウェリントン伯爵（Duke of Wellington）となるジェラルド・ウェレズリー卿（Lord Gerald Wellesley）と結婚し、二子をなしたが、22年に別居。29年以降は英国南部サセックス州にあるペンズ・イン・ザ・ロックスと呼ばれる邸宅で、子供たちや同性愛者ヒルダ・メイザサン（Hilda Matheson）と

---

[38] テイレシアースといえば、イェイツと共に20世紀を代表する詩人エリオット（T. S. Eliot）が、第1次大戦後の荒涼たる精神的風景を斬新な手法で捉えた長編詩『荒地』（*The Waste Land*, 1922）に登場させ、両性に通じた彼の中に詩篇中に現れる人物すべてを融け込ませていることを想起されたい。
[39] *Letters*, 868.

同居しながら、文筆活動などに従事していた。イェイツはドロシーと知り合ってからしばしば、広大な森に囲まれた邸宅を訪れたが、ある時、訪問を終える直前に部屋を横切る彼女が見せた「日の光が化身した光景」を目の当たりにした瞬間、一種の心理的なテイレシアース的状況に直面したのである。

　両性愛者であったドロシーは、男性的な側面と女性的な側面の両極を秘めていた。この二重性に強く魅了されていたイェイツは、ふとしたきっかけで彼女の「少年らしい」美しさをまざまざと発見するという僥倖に恵まれたのだ。しかも、それを凝視したのは「私の中の女」("the woman in me")であり、「少年らしい」ドロシーと交わりたいというその「女」の「欲望」も「私」は分かち合ったのである。女の中の「少年」に男の中の「女」が惹きつけられたというわけだ。

　テイレシアースは男から女へ、女から男へと精神的にも肉体的にも性を越境したわけであるが、それに対しイェイツは、肉体的には男性のままでありながら、時として精神的に女性性を潜ませていた。この点が決定的に異なることを十分に承知しつつ、あくまでも「一種の」という限定条件を付けた上で、イェイツが心理的なテイレシアース的状況に陥ることがあったことを見逃さないでおきたい。

レーダーと白鳥

　ところで、「いかなる魔法の太鼓か」と同様、世界の

創造に当たり神の精液が大きな役割を果たす、いわゆる「神聖授精」("divine insemination") と聞いてただちに念頭に浮かぶイェイツ作品は、傑作詩「レーダーと白鳥」("Leda and the Swan", 1923) である。神が動物や植物に変身する話は、古今東西、広く流布しており、枚挙にいとまがないが、中でも有名なのは、ゼウスの数ある変身譚のひとつであろう。それは、レーダー（詩「学童たちの間で」にも登場）の類いまれな美しさに惹かれたゼウスが、白鳥に身を変えて彼女に近づき、凌辱してしまうという話だ。この人獣交婚・神人交婚から産まれた「レーダーの卵」という宇宙卵が孵化して誕生したのが、トロイヤ戦争の元凶となった稀代の美女ヘレネー（Helen of Troy）である。

　この主題がギリシア・ローマ時代の彫刻や壁画でしばしば取り上げられただけではなく、レオナルド・ダ・ヴィンチやミケランジェロ（Michelangelo）、それにギュスターヴ・モロー（Gustave Moreau）といった、ルネサンスから近代にかけての幾多の名だたる画家たちによっても表現されてきたことは、周知の通りである。ミケラン

図6　ミケランジェロの原作に基づく模写（ナショナル・ギャラリー、ロンドン、1530年以降）

ジェロの原作に基づく模写《レーダーと白鳥》(図6)のカラー版の複製画を所有していたイェイツは、この作品をひとつの霊感源として傑作詩を執筆したのであった(ただし、模写は複数存在し、詩人がどの模写の複製画を所有していたかは不詳)。詩は14行のソネット形式で書かれているが、そのうちの第3連を引いておこう。

> 痙攣する腰の震えはそこに産み落す、
> 崩れ落ちた城壁を、燃え上がる屋根や塔を、
> そして死んだアガメムノンを。
> 　　　　　　　　大空を舞う白鳥の冷酷な血によって
> このように抓みあげられ征服されたいま、
> 乙女はそのつれない嘴が自分を落としてしまうまえに
> 白鳥の力と知識を身に纏ったのだろうか。　　(小堀隆司訳)

> A shudder in the loins engenders there
> The broken wall, the burning roof and tower
> And Agamemnon dead.
> 　　　　　　　　Being so caught up,
> So mastered by the brute blood of the air,
> Did she put on his knowledge with his power
> Before the indifferent beak could let her drop?
> 　　　　　　　　　　　　　　　　　(*CP*, 241)

　白鳥に成り済ましたゼウスによって凌辱されるレーダー。その瞬間の「痙攣する腰の震え」から誕生した〈宿命の女〉ヘレネーをめぐり、ヨーロッパとアジアの間にトロイヤ戦争が勃発する。10年に及ぶ戦争は、城塞

都市トロイヤの陥落とギリシアの英雄たちの死をもって終結する。壮大な文明の興亡が、形容詞と名詞の位置を逆転させるといった修辞法を駆使しながら、たった3行の中に凝縮的に表現されている。さながら歴史そのものが濃密なエロティシズムを帯びているかのようだ。"engenders" という現在形の動詞の効果的な使用も看過できない。過去の歴史的事象があたかもすぐ目の前で展開しているかのような錯覚を起こさせるからである。

　さらに注目すべきなのは、末尾4行の疑問文において、突如、過去形の動詞が配置されていることである。ゼウスは、一説によると、レーダーとの間にできた自分の娘ヘレネーが有名になることをもくろんで、トロイヤ戦争を引き起こしたといわれるが、ゼウスが抱くこの未来への意志＝「知識」を凌辱された直後のレーダーが予知していたか否かを、過去形の修辞疑問文の形で問いかけているのだ。この設問に対してどのような回答を出すかは、ひとえに読者に一任されているが、詩の措辞から判断して、否と答える向きが多いのではなかろうか。とすると、トロイヤ戦争という破壊と創造の一大事件は、その原因を作ったふたりの当事者にとっては、「無関心」("indifferent") でいられるほど瑣末なものにすぎないということになるだろう。眼前の出来事を過去でも現在でもあり得るように描くイェイツは、円環的な歴史の展開に対しアイロニカルな視線を投げかけているように思われてならない。

天使の交合

　詩「レーダーと白鳥」を例に挙げて、人獣交婚・神人交婚による「神聖授精」をテーマに据えた作品を検討してみたが、再び「ひとつの構造体」を成す「超自然の歌」に戻り、神の単為生殖的な「自己生成」のイメージが他詩篇でも現れ、「いかなる魔法の太鼓か」のそれと共鳴し合っていることを確認したい。まず取り上げるのは、第2篇「リブ、パトリックを非難する」("Ribh denounces Patrick")の一節である。リブは古代アイルランドで信仰されたドルイド教の隠者であり、初めてアイルランドにキリスト教を布教した聖者パトリック（Saint Patrick）の論敵という役回りを演じている。

> 人間が、獣が、蜉蝣(かげろう)が子をもうけるように、神は神を
> 　もうける。
> なぜなら、〈偉大な緑玉板〉が語ったように、下のものは
> 　上のものの写しなのだから。
>
> As man, as beast, as an ephemeral fly begets, Godhead
> 　begets Godhead,
> For things below are copies, the Great Smaragdine
> 　Tablet said.　(CP, 328-329)

　伝説上の錬金術の守護神ヘルメス・トリスメギストス（Hermes Trismegistus「三重に偉大なるヘルメス」）の書と称される〈緑玉板〉を貫く原理、「上にあるものは下にあるものと同じ」によれば、大宇宙と小宇宙は互いに照応し、

地上界で行われることは天上界でも行われる。性交もまた然り。ただし、人間や獣は通常、男と女、雄と雌が交合して子をもうけるが、「リブ、パトリックを非難する」の「神」の場合、単為生殖で子を誕生させているようだ。

動詞 "beget" は通例、男親に用い、女親には用いないことから判断すると、「神」は男であることがわかる。この男の「神」が「神」をもうけたからといって、一概に「自己生成」を行ったとはいえない。しかし、アイルランドの伝説上の恋人たちを登場させる直前の第1詩篇「バイルとアイリンの墓におけるリブ」("Ribh at the Tomb of Baile and Aillinn") が、「光」を発する「天使の交合」場面を描いていたことを想起すると、「神」が「自己生成」したと推定しても、それはまんざら見当違いとはいえないのではなかろうか。なぜなら、イェイツに「天使の交合」という着想を提供した18世紀の神秘思想家スウェーデンボルグ（Emanuel Swedenborg）は、「天界では二人の配偶者は二人の天使とは呼ばれないで、一人の天使と呼ばれている」と述べて、両性具有的な性格を帯びる「超自然」的な「天使」の単為生殖を説いていたからである。[40]

第3篇「恍惚の中のリブ」("Ribh in Ecstasy") の一節では、神の「自己生成」のイメージはさらに鮮明に打ち出される。

---

[40] エマニュエル・スエーデンボルグ、柳瀬芳意訳『天界と地獄』（静思社、1962年）277頁。なお、イェイツも愛読したバルザック（Honoré de Balzac）の美しい幻想小説『セラフィータ』（*Séraphita*, 1835）がスウェーデンボルグの最高天使の概念に負っていることを申し添えておこう。

　　　　　　　　　　わしの魂は見出した、
すべての幸福が魂それ自体の原因か根拠の中にあることを。
神は性のわななきの最中に神から神をもうけた。

      My soul had found
All happiness in its own cause or ground.
Godhead on Godhead in sexual spasm begot
Godhead.　（*CP*, 329）

　3‐4行目の文の語順は曖昧であるが、ひとつの解釈として"Godhead begot godhead on godhead"という語順が成立する。とすれば、動詞"beget"は母親には用いられないので、3回にわたり"godhead"が繰り返されると、いやが上にも男神による単為生殖的な自己増殖の連鎖感が醸し出されるのである。

　こうして、シュタイナハ手術後に執筆された連作詩「超自然の歌」のうち、3詩篇を瞥見したわけであるが、それだけでも「精液の経済」と「精液エネルギー」という二大パラダイムを根幹に据えるシュタイナハの手術理論が、「自己授精」に基づく「自己生成」というイメージを結節点として、イェイツ作品と本質的な部分で交差していることを確認できたのではなかろうか。

第4章　斬首／去勢

『三月の満月』

　さて、「自己生成」のイメージが躍動するイェイツ作品として最後に議論の俎上に載せたいのは、戯曲『三月の満月』(*A Full Moon in March*) である。これは、ほぼ同時期に執筆された戯曲『大時計塔の王』(*The King of the Great Clock Tower*) の姉妹編に当たる。両者の複雑な関係や創作過程に関しては、ケイヴ（Richard Allen Cave）が編集したテクスト批評の労作にゆだねるとして、ここでは次の点を確認しておけば足りるだろう。すなわち、ふたつの作品は、1933年11月初めから1935年11月——『三月の満月』が同作品を表題作として「超自然の歌」などの諸詩篇と共にマクミラン社より刊行された時期——まで、シュタイナハ手術を間に挟み、およそ2年間にわたって制作されたのである。[41]

---

41) Richard Allen Cave ed., *The King of the Great Clock Tower and A Full Moon in March: Manuscript Materials by W. B. Yeats* (Cornell Univ. Press, 2007), xxvii.

本章の目的は、『三月の満月』全体を検討し解釈することではないが、論旨を明らかにする上でどうしても作品のあらすじを押さえておく必要があるので、まず、以下に略記しておく。

　登場人物は総勢4名、女王と豚飼いの他に従者1（年配の女）と従者2（若い男）。舞台幕が開くと、従者1と従者2が中幕の前に立っている。ふたりがゆっくり中幕を開けると、従者2は歌詞の中に哲学者ピュタゴラス（Pythagoras）が登場する「豚の糞の歌」を歌う。歌い終わると、ふたりは観客に近い舞台の一方の端に坐る。女王はヴェールをかぶって坐っている。そこに豚飼いが入場。粗暴な感じのする仮面が顔の半分をおおっている。彼は、女王のことを一番うまく歌った者が王国と女王をもらい受けることができると噂に伝え聞き、遠路はるばるやって来たのだ。全身塵と泥にまみれ、記憶は薄れ、正気を失っている。時は「三月の満月」の夜。処女の残酷さを秘めた女王は豚飼いに、命を落としたくなければ、即刻この場から立ち去れと警告する。しかし、彼は女王の身体と残酷さの双方を抱きとめると宣言する。記憶の蘇った豚飼いは、糞の中をころげ回りながら豚の世話をしていた頃、初めて女王の名を耳にしたと告白し、実のところ王国など眼中になく、望むのはもっぱら「ひとつの歌」（"A song"）であると言い放つ。だが女王は、豚飼いがやって来たのは歌うためではなく、自分に辱めを

加えるためだと反論し、とうとう罰として豚飼いの首をはねることを命じる。女王は観客に背を向けて豚飼いの方を向く。そしてゆっくりヴェールをはずす。従者たちは中幕を閉める。

　従者1は、杭の先に恋人の首を刺した昔日のアイルランドの女王にまつわる歌を歌う。従者たちは中幕を左右に開く。すると女王は、はずしたヴェールをそばに置き、頭上に豚飼いの首を掲げながら立っている。女王の手は血で赤い。従者1が女王の声色で歌う。豚飼いに対する愛は処女の残酷さがほとばしり出た時、最高に燃え上がった、と。女王は太鼓の音に合わせて踊りながら、首を玉座の上に置く。従者2が豚飼いの首に成り代わって歌を歌う。「三月の満月」の夜に、ジル（Jill）がジャック（Jack）を殺し、胸からえぐり出したジャックの心臓を「キラキラ輝く星」（"A twinkle in the sky"）のように高々と掲げた、と。女王は玉座から首を取り上げて地面に置く。その前で愛慕の踊りを踊る。次に再び首を取り上げて、それを持ったまま太鼓の音に合わせて踊る。太鼓が最高潮に達した時、女王は首に口づけする。「女王の身体は非常に速い太鼓の音に合わせて震える」（"Her body shivers to very rapid drum-taps"）。[42] 太鼓が止む。女王は首を胸に抱いてゆっくりうずくまる。従者たちは歌いな

---

[42] 動詞「震える」（"shivers"）は女王の受胎を暗示し、詩「レーダーと白鳥」の一節、「痙攣する腰の震え」（"A shudder in the loins"）と呼応・共鳴し合っていることに注目したい。

がら中幕を閉める。劇は従者たちの対話で幕を閉じる。

サロメ

『大時計塔の王』には散文版が存在する。これを読むと、姉妹関係にあるふたつの戯曲の創作意図および背景をうかがい知ることができる。それは以下の4点に集約される。[43]

①パウンド経由で親炙していた日本の能をモデルに据えている。
②切り落とされた男の首が恋する女性の賛歌を歌うアイルランドのある伝説に取材している。
③オスカー・ワイルド（Oscar Wilde）の一幕物戯曲『サロメ』（Salomé、仏語版1893／英訳版1894）を意識している。
④大地母神と大地母神に殺される神をめぐる古代の秘儀を踏まえている。

サロメ神話を扱った文学作品は数多いが、その中でもワイルドの『サロメ』と共にとりわけ注目すべきなのは、フランスの小説家フロベール（Gustave Flaubert）の短編『ヘロディアス』（Hérodias, 1877）である。この短編は、ワイルド作品より16年先立ち、「サロメのダンス」を最初に言語化することに成功したからである。両作品は同じ素材に源泉を仰いでいる。いうまでもなく、聖書

の「マルコによる福音書」と「マタイによる福音書」で語られる、いわゆる「洗礼者ヨハネ斬首の物語」だ。

　ふたつの福音書の記述には多少の異同があるものの、共通部分を摘記すれば次のようになるであろうか——。イエス・キリストが救世主として出現した頃、ユダヤの大守ヘロデ（Herod）は、自分の兄弟の妻ヘロディアスと結婚したが、それは律法で禁じられている行為であると、ヨハネ（John）が批判したため、彼を捕えさせ、牢につないだ。ヘロデ（「マルコ」ではヘロディアス）はヨハネを恨み、殺そうと思ったが、思いとどまる。ところが、ある時、絶好の機会が訪れた。ヘロデの誕生日を祝う宴である。宴の席上、妃ヘロディアスの娘（サロメ）は見事な踊りを披露し、大守や観客を喜ばせた。そこでヘロデは少女に「望むものは何でもやろう」と固く約束する。母にそそのかされた（「マルコ」では母に相談した）結果、娘はヨハネの首を所望した。王は心を痛めたが、客の手前、約束を反故にすることはできず、衛兵を遣わして、牢の中でヨハネの首をはねさせる。その首は盆に載せて運ばれ、少女に渡り、少女はそれを母のもとに持って行った（図7）。

　フロベールの『ヘロディアス』とワイルドの『サロメ』は同一の典拠に材を求めながら、両者のサロメ像には大きな隔たりがある。19世紀後半以降のサロメ神話

---

43) *The Variorum Edition of the Plays*, 1010.

の生成過程を文学・絵画の領域で実証的に辿った『サロメのダンスの起源』によると、フロベールの作品では、福音書の逸話に忠実に従い、ヨハネの斬首を強く望んだのは、母ヘロディアスであるのに対し、ワイルドの作品では題名通り、サロメが脇役から主役に躍り出て、自らの意志で聖人の斬首を要求し、切り落とされた首に口づけをするのである。[44)] サロメ像は19世紀末、母ヘロディアスに従順な一介の少女から聖人を破滅に導く冷酷な〈宿命の女〉（図8）へと大胆な変身を遂げたのだ。

　サロメといえば、ただちにワイルド作品を想起するほど、そのサロメ像は巷間に流布しているが、それに飽き足らない思いを抱いたのがイェイツであった。彼は友人スタージ・ムア宛の手紙においてこう指摘している——

図7　オディロン・ルドン《殉教者の首》（クレラー・ミュラー美術館、1877年）

図8　オーブリー・ビアズリー《踊り子への褒美》（ハーバード大学フォッグ美術館、1894年）

「『サロメ』は完全に駄作です。全体構成は申し分ないし、力強くもありますが、対話は空虚、緩慢、かつ仰々しいものです。戯曲の体を成していません」。[45]こう酷評したイェイツがワイルド作品を大胆に換骨奪胎してパロディ化したのが『三月の満月』である。両者の間に横たわる大きな相違点は何か。それは次の3点に要約することができるだろう。

第1は主要登場人物の数に関わる。『サロメ』では主要登場人物がヘロデ王-洗礼者ヨハネ-サロメの3人であるのに対し、『三月の満月』ではヘロデ王に相当する人物が省かれ、洗礼者ヨハネに当たる豚飼いとサロメに当たる女王のふたりに限られている。イェイツは姉妹作『大時計塔の王』の主要登場人物として王-女王-旅芸人の3人を配していたが、『三月の満月』では上記のふたりに絞り込むことによって、両者の緊張関係を高め、作品の強度を増幅させることに成功しているのである。しかも、注目すべきことは、主役の座を占めるのが女王ではなく豚飼いである点だ。女王は、官能的で冷酷なワイルドのサロメとは異なり、主役を張るには存在感が乏しい。それに対し、豚飼いは、その切られた首が歌を歌うという奇跡的な離れ業を演じることで、強烈な印象を残すのだ。

---

44) 大鐘敦子『サロメのダンスの起源——フローベール・モロー・マラルメ・ワイルド』(慶應義塾大学出版会、2008年) iii-iv頁。なお、サロメ、ヘロディアス、ヨハネなどの人物の呼称に関しては、同書Ⅷ頁の日本語表記一覧表に準拠した。
45) Cited from F. A. C. Wilson, *Yeats and Tradition* (1958; Methuen, 1968), 54.

第2は作品の舞台に関わる。ワイルドは、福音書の逸話に忠実に即しながら、イエス・キリストが救世主として出現した頃の、死海東岸のユダヤの地に戯曲の舞台を設定している。それに対しイェイツは作品中に、ピュタゴラスが登場する歌を配置したり、いにしえのアイルランドを偲ばせる物語を挿入したりして、複数の素材を巧みに組み合わせている。彼は舞台の一元的な特定化を回避し、作品に普遍性を持たせようとしているのだ。

　第3はダンスの順番に関わる。ワイルド作品におけるサロメは洗礼者ヨハネの首がはねられる「前」にダンスを踊ったのに対し、イェイツ作品における女王は豚飼いの首が切り落とされた「後」に踊るのである。これはイェイツ自身が強調するように、彼が最初にサロメ神話に導入した新機軸だ——「ワイルドの踊り子は頭を両手で持ったまま決して踊らなかった。彼女のダンスは聖人の斬首の前に行われたのであり、それは単なる裸体の露出にすぎない」。[46] しかも、ダンスに関してワイルドはたった1行、「サロメ、7枚のヴェールのダンスを踊る」と暗示するだけにとどめているが、イェイツは、あらすじで見たように、ト書きでかなり具体的な指示を与えているのである。

血の一滴

　さて、問題の「自己生成」を思わせる場面は、豚飼いが首をはねられる直前に女王と交わす対話の中で現れる。

  豚飼い　　　　　　　　　　　　首をはねられるのか。
    （笑う）
  私の国にはこんな話がある。ある女が
  血の海にどっぷり浸って立っていた、その血の一滴が
  女の胎内に入って子供ができたとか。
女王　はねた首！女はその首を両手に持って、
  血の海にどっぷり浸って立ったのだ。血が生んだのだ。
  ああ汚らわしい！汚らわしい！
豚飼い　　　　　　　　　　　　女は初夜の眠りについた。
女王　女の身体はその眠りの中でみごもった。
       （平田康訳、一部改変）

The Swineherd.　　　　　My severed head.
            [*Laughs.*
 There is a story in my country of a woman
 That stood all bathed in blood —— a drop of blood
 Entered her womb and there begat a child.
The Queen.　　A severed head! She took it in her hands;
 She stood all bathed in blood; the blood begat.
 O foul, foul, foul!
The Swineherd.　　　　　She sank in bridal sleep.
The Queen.　　Her body in that sleep conceived a child.
         （*Plays*, 626）

　「血の一滴が」「胎内に入って子供ができた」「ある女」の「話」は、豚飼いの故郷の逸話ということになっているが、あらすじから明らかなように、女王が豚飼いの首をはねさせた後に実際に起こる女王の懐胎という事

---

46) *Letters*, 827.

態を、読者・観客に前もって告知する機能を果たしている。では、「血が生んだ」("the blood begat")とは一体いかなることであろうか。「血」は首を切り落とされた豚飼いから流れ出る「血」を暗示するが、その「血の一滴」が「女」（＝女王）の「胎内に入って子供ができた」となると、「血」が精液を比喩的に表現していることは確実である。[47]

斬首と去勢の間に類同性を発見したのは、周知のように、『無気味なもの』（英題 *The Uncanny*）の著者フロイトである——「切断された手足、切り離された首、（略）腕から切断される手、（略）ひとりで踊る足、これらのものには、最後の例のように自動運動が加わった場合などは特に、それ自体で異様に無気味な感じがある。（略）この無気味さは去勢コンプレックスの接近による」。[48]
生きているものが死んでいるように見え、死んでいるものが生きているように見える、いわば既知と未知が交錯する瞬間に、無気味さの感情が芽生えると主張するフロイトは、斬首に対して無気味な感情を抱く時の淵源として去勢コンプレックスを探り当てているのである。しかし、ここではことさら精神分析学者の理論を持ち出さなくても、作品を素直に読めば、イェイツが斬首＝去勢、血＝精液という等式を意図的・意識的に設定していることは一目瞭然であろう。

だがそれにしても、豚飼いが斬首＝去勢を断行されるというのに、特別抵抗した形跡が見当たらないのは不思

議である。いやむしろ、唯々諾々と、あるいは自ら進んで極刑／宮刑を受け入れた印象すら受ける。その点が腑に落ちない。なぜイェイツは豚飼いを自発的な斬首（＝去勢）願望者として描いたのであろうか。

そこで思い起こさなければならないのは、戯曲が大地母神と大地母神に殺される神をめぐる古代の秘儀を踏まえているという散文版『大時計塔の王』の記述である。これに関連して『W. B. イェイツと伝統』の著者ウィルソンが指摘する次の5点は注目に値する。[49]

①古代ローマ時代の皇帝で背教者として知られるユリアヌスが著した新プラトン主義（Neoplatonism）に関する研究、ことに植物神アッティス（Attis）に言及した「神の母への賛歌」（英題"Hymn to the Mother of God"）が、『大時計塔の王』を解釈する上で重要である。イェイツは英訳された3巻本の『ユリアヌス帝全集』（*The Works of the Emperor Julian*）の第1巻を所蔵し閲読していた（ちなみに、新プラトン主義とは、プラ

47）武藤浩史『「ドラキュラ」からブンガク』54-59頁によると、イェイツと同じアイルランド出身の作家ブラム・ストーカー（Bram Stoker）の吸血鬼小説『ドラキュラ』（*Dracula*, 1897）の主要登場人物3人、すなわちジョナサン・ハーカー（Jonathan Harker）、その婚約者・妻ミーナ・マリ（Mina Murray）、そしてドラキュラが、同性愛的／異性愛的な象徴的性交を繰り広げて、複雑な血＝精液の交換を行っているという。ハーカーとミーナの子がドラキュラであり、ドラキュラが死んでいない可能性を示唆。
48）フロイト、種村季弘訳『砂男／無気味なもの』（河出文庫、1995年）140頁。
49）Wilson, 53-94.

トンの哲学にオリエント思想などが流入して3世紀頃に成立した形而上学的色彩の強い思想を指す)。

②『大時計塔の王』の主要登場人物である王-女王-旅芸人がそれぞれゼウス-大地母神キュベレー(Cybele)-アッティスに相当する。

③新プラトン主義に従うと、全世界は彼岸の天上界・叡智界と此岸の現象界・物質界に二分され、霊魂は永久に彼岸にとどまることができず、周期的に此岸に下降して地上の生を送らなければならないが、再び肉体の束縛を脱して天上界に帰昇できる。

④この新プラトン主義の立場から見ると、女王＝キュベレーは至福の天上界にある霊魂を象徴し、旅芸人＝アッティスは現象界に囚われている人間を象徴する。

⑤旅芸人＝アッティスは憧憬する天上界に帰昇し再生するために、自ら進んで斬首＝去勢を受容し儀礼的な死を遂げる、いわばマゾヒスティックな犠牲神である。

以上のウィルソンの指摘は、『大時計塔の王』およびその姉妹編『三月の満月』をひたすら新プラトン主義の観点から解釈しており、両作品を首尾一貫した統一的な枠組みで把握する上で非常に有効であるが、反面、いささか一面的な捉え方に陥らざるを得ない危険性をはらんでいる。そうした点を十分に認識しながらも、『三月の満月』の主要登場人物である女王-豚飼いの関係がキュベレー-アッティスの関係に相当すること、また豚飼い

＝アッティスが再生を遂げるために自らの身体をイケニエとして供するマゾヒスティックな犠牲神であるという指摘は有益だ。なぜなら、先ほど発した設問、「なぜイェイツは豚飼いを自発的な斬首（＝去勢）願望者として描いたのであろうか」に答える際、説得力のある貴重な手がかりを提供してくれるからである。そう、もうすでにおわかりのように、豚飼いが自発的に斬首（＝去勢）を受け入れたのは、作者イェイツが豚飼いを犠牲神アッティスに重ね合わせて造形したからに他ならない。

自己犠牲する詩人

　キュベレーとアッティスというと、真っ先に念頭に浮かぶイェイツ作品は、詩「動揺」（"Vacillation", 1932）の第2部である。キュベレーは詩の表面に表立って姿を現さないものの、詩を理解する上で欠かせない重要な黒子役を果たしている。

　　一本の木がある。いちばん高い枝からの半分が
　　煌々(こうこう)と燃え盛る火炎、あとの半分は緑につつまれて、
　　しっとりと露に濡れた葉むらが生い繁っている。
　　半分は半分だが、それでいて全景でもある。
　　半分と半分が互いの再生するものを互いに飲みつくす。
　　かっと目をむくあの憤怒とびっしり茂る盲目の葉と、
　　その中間にアッティスの像を掲げる者は、おのれが
　　知るところを知ってはいまい。だが悲しみも知るまい。
　　　　　　　　　　　　　　　　　　　（高松雄一訳）

A tree there is that from its topmost bough
Is half all glittering flame and half all green
Abounding foliage moistened with the dew;
And half is half and yet is all the scene;
And half and half consume what they renew,
And he that Attis' image hangs between
That staring fury and the blind lush leaf
May know not what he knows, but knows not grief.
(*CP*, 282-283)

　大地母神と犠牲神にまつわる神話には諸系統あるが、代表的なものはこうだ――。小アジアの古代フリギア（Phrygia）王国で豊穣多産の女神として広く崇拝されていたキュベレーは、一説によると、ある日夢精をしたゼウスが地上にしたたり落とした精液から生まれた。女性的要素がまったく介在せず、ゼウスの精液という男性的要素だけから出生したキュベレーは、純然たる単為生殖の産物といえよう。それは、息子クロノス（Cronos）に男根を切除されたウーラノス（Uranus）の精液が、海にこぼれ落ちてできた泡から誕生した女神アプロディーテー（Aphrodite）の場合と同様である。

　キュベレーは生まれながらにして両性具有であったため、その二重の力を恐れた神々によって、男根を切り落とされてしまう。やがてこの男根からアーモンドの木が生える。ある河神の娘がその実を摘んで懐に入れたところ、受胎して男児を産む。アッティスの誕生である。アッティスは山に捨てられたが、山羊に育てられ、やが

て非常に美しい少年に成長する。ある時、女神に変性したキュベレーは、アッティスを見て一目惚れしてしまう。少年は女神の愛を受け入れ、両者はお互いの愛を裏切らないことを誓い合う。

　だが、若いアッティスは誓いを破り、とある国王の娘と恋に落ち、結婚することになる。嫉妬に駆られたキュベレーが突如、婚礼の場に乗り込んでくる。アッティスは狂乱のあまり、自らの男根を切り落とし、身を八つ裂きにして絶命する。その時、彼が流した血からすみれの花が咲き出た。悲嘆にくれた女神の願いにより、彼の魂は永遠を象徴する松の木に宿るようになった。このように神話は、何やら母キュベレーと子アッティスの近親相姦的な愛憎劇の様相を呈している。

　キュベレーに仕えた神官たちは、男根を除去した去勢者である。彼らは、毎年執り行われる春の祭儀の折、アッティスゆかりの松の木を切り倒して神殿に運び、それに布を巻きつけ、すみれを飾り、「アッティスの像」を掲げて、3日間、卑猥なしぐさで狂喜乱舞した。この祭儀は、やがて古代ギリシヤ・ローマ世界に広く伝播し、猖獗を極めた。フランスの超現実派詩人アントナン・アルトー（Antonin Artaud）の特異な歴史小説の主人公となった、デカダン期ローマの少年皇帝ヘリオガバルス（Heliogabalus）は、このキュベレー信仰にどっぷりのめり込み、自ら両性具有者たらんとして、下腹部に切開手術を施したということだ。

問題のイェイツ詩では、中世ウェールズの神話と古代フリギア王国の神話が合体している。なぜなら、「いちばん高い枝」から根元まで、片側「半分」が火炎、残り「半分」が葉むらにおおわれた木のイメージは、幻想物語集『マビノギオン』（*The Mabinogion*）に出てくる〈燃える緑の木〉に淵源を求めることができるが、同時に英国の人類学者フレーザー（James Frazer）の『アッティス、アドニス、オシリス』（*Attis, Adonis, and Osiris*, 1906）で紹介されるアッティスゆかりの松の木からも着想されているからである。

　〈燃える緑の木〉の中間にかけられる「アッティスの像」にタロットの〈吊るされた男〉の反映を嗅ぎつけたのは、学匠詩人キャスリーン・レイン（Kathleen Raine）であった。[50] タロットというのは、現在のトランプに酷似し、寓意画を描き込んだカードである。遠く古代エジプト文化に起源を発するといわれるこのカードは、22枚の大アルカナと56枚の小アルカナの合計78枚から成り、往古のあらゆる秘伝的な知識を総合した一冊の巨大な「本」と目される。ヨーロッパに伝来されると、ユダヤ教の神秘思想カバラや錬金術の思想と結びつきながら体系化され、19世紀末、イェイツも加入した秘密結社「黄金曙光会」によって、カードの解釈は整備・確立された。[51] 大アルカナの12番目のカード〈吊るされた男〉（図9）は、T字型に組み合わされた木に、両手を背中に回し、右足に左足を直角に交差させながら、逆さの恰好で吊る

されている。顔は苦悶に歪んでいるかと思いきや、案に相違して何やら恍惚の表情を浮かべているようだ。この〈吊るされた男〉は明らかに、共同体の死と再生のためにイケニエに供せられる贖罪の山羊(スケープゴート)であるが、レインはアッティスに同じ観念を透視しているのである。

〈燃える緑の木〉は、詩の第7部が「魂」と「心」の対話を描いていることを想起すると、霊魂と肉体の拮抗状態を表象している。その木の中間に「アッティスの像」をかける行為は、二律背反する霊魂と肉体を和合させ、一種の至福状態に達することを暗示する。この時、去勢したキュベレーの神官は、やはり去勢してイケニエと化したアッティス神と一体化し、「悲しみ」ではなく、「おのれが知るところ」を知らない忘我の境地に没入するのである。これは詩の第1部末行の問い、「歓びとは何か」("What is joy?")に対するひとつの答えとして提示されている。作者イェイツは、進んで供儀の儀式に参加する神官やアッティスに自己を重ね合

図9 ウェイト版タロット・カードの〈吊るされた男〉

---

50) Kathleen Raine, *Yeats, the Tarot and the Golden Dawn* (1972; The Dolmen Press, 1976), 55-57.
51) タロット・カードについては、R.ベルヌーリ、種村季弘訳論『錬金術——タロットと愚者の旅』(青土社、1972年) などを参照した。

わせることによって、対立物の合一した至福の状態に浸る「歓び」を共有すると同時に、創造的な作品を生み出すためにすべてを捧げざるを得ない「自己犠牲する詩人」("self-sacrificing poet")の役割を自らに課しているのである。

聖王殺し

『三月の満月』が同作品を表題作にして他の諸詩篇と共に刊行されたことはすでに述べたが、その諸詩篇のひとつ、「パーネルの葬儀」("Parnell's Funeral", 1933)の第1部第2連においても、〈生命の樹〉を舞台として神がイケニエに供せられる場面が描かれている。

> 星がきらめき貫いたゆたかな繁み。
> 狂乱する群衆。そして枝のつけ根に坐る
> 美しい少年。神聖な弓。
> 女と、つがえられた矢。
> 矢に射抜かれた少年。星の映像が低く落ちて。
> 「大いなる母」の似姿をしたその女が
> 少年の心臓をえぐり出す。とある図案の名匠が
> 木に坐った少年をシチリア貨幣に刻印する。　（出淵博訳）

> Rich foliage that the starlight glittered through,
> A frenzied crowd, and where the branches sprang
> A beautiful seated boy; a sacred bow;
> A woman, and an arrow on a string;
> A pierced boy, image of a star laid low.
> That woman, the Great Mother imaging,

Cut out his heart. Some master of design
Stamped boy and tree upon Sicilian coin.　（*CP*, 319）

　アイルランド国民党の指導者パーネル（Charles Stewart Parnell）は1890年、突如、「姦通者」の烙印を押されて栄光の絶頂から一気に奈落の底に転落する。ある国民党前代議士が妻の不倫相手として彼の名前を挙げて起こした離婚訴訟が、裁判所の認めるところとなり、カトリック教会や党内の反対勢力から激しい非難の集中砲火を浴びて、失脚したのである。パーネルに対して潜在的に蓄積されてきた民衆の「怒り」や「嫉妬」がささいなことをきっかけにして発動された結果、社会の頂点に君臨していた「アイルランドの無冠の帝王」は血祭りに上げられ、あえなく追放・抹殺されたのだ。彼は翌年、失意のうちに英国で客死する。19世紀末のアイルランドに異様なほどの興奮を巻き起こした民族的英雄の悲劇をテーマに据えたこの詩では、スケープゴート現象を誘発したパーネルの没落を慨嘆する一方、彼の死を契機にして病めるアイルランドが一大浄化作用を経て蘇ったのだ、と感じる語り手≒イェイツの二律背反的な心情が、フレーザーの〈聖王殺し〉の理論を下敷きにして吐露されているといえよう。
　星に向けて矢を放つ女狩人たる〈大いなる母〉は、大地母神アルテミス（Artemis）である。ゼウスとレートー（Leto）の間に生まれたアルテミスは、うら若い処女

神として貞潔の象徴と見なされる一方、多くの乳房を有していたため、多産・安産の守護神としても崇拝されていた。また、キュベレー同様、両性具有性を帯びたところがあり、イケニエを要求する恐ろしい一面も併せ持っていた。他方、「少年」は、アルテミスの双生の兄アポローン（Apollo）である。アポローンは、現世と来世、現実と非現実、生と死といった相反する領域を融通無碍に往還できる両義的な神であった。「星」＝「少年」が矢に射抜かれる光景は、アポローンの死とその後の再生を暗示している。

　ここで、第2章で論じた詩「ある劇より歌二篇」の第1部第1連において、ディオニュソスとキリストの死と復活のドラマが重ね合わされていたことを思い起こそう。そうすると、〈大いなる母〉アルテミスが「少年」アポローンの心臓をえぐり出す情景は、アポローン-ディオニュソス-キリスト、ひいてはこれらの神と同列に並んだパーネルの死と再生を表象しているということになるであろう。現代と古代との間にひとつの平行関係を設定することによって、空虚と混沌に満ちた現代を秩序づける文学的技法は「神話的方法」と呼ばれるが、この技法によって「自己犠牲」者たるパーネルは巨大な神話的存在にまで昇華されているのである。

「血が生んだ」
　再び戯曲『三月の満月』の「自己生成」を思わせる場

面に戻ろう。今、詩「動揺」第2部と詩「パーネルの葬儀」第1部第2連を取り上げ、自発的な斬首（＝去勢）願望者としての豚飼いの背後に、イケニエに供せられるアッティス、アポローン、パーネルおよび〈吊るされた男〉といった原型的な神・存在・図像を見通したわけであるが、それにしても自己の首＝男根を自発的に進呈してまで、豚飼いは何を求めたのであろうか。答えはふたつ。ひとつは「歌」、もうひとつは女王の受胎だ。

> *豚飼い* 女王には豚の糞の中で子供を生ませてやるんだ。だが歌が先だ、どんな馬鹿げた歌にしようか。
> （平田康訳）

> *The Swineherd.* She [the Queen] shall bring forth her farrow in the dung.
> But first my song—what nonsense shall I sing?
> （*Plays*, 625）

「ノンセンス」な「歌」とは、豚飼いが首をはねられた後、その切り落とされた首が歌うジルとジャックにまつわる「歌」を指す。それは、あらすじで紹介したように、「三月の満月」の夜に、ジルがジャックを殺し、胸からえぐり出したジャックの心臓を「空にきらめく星」のように高々と掲げたという、リフレイン付きのライト・ヴァース（light verse）だ。胸から心臓をえぐり出されるジャックの話を聞いて、すぐさま連想するのは、またもや詩「ある劇より歌二篇」におけるディオニュソスの死と再生

の神話であり、また先ほど触れたばかりの詩「パーネルの葬儀」におけるアポローンの死と再生の神話である。

「満月」は、月の光の消長を表す28相に基づいてイェイツが人物類型学と円環的な歴史観を体系化した「大車輪」（図10）において、第15相に当たり、〈存在の統一〉が成就される完璧な理想状態を意味する。「三月」はひとつのサイクルが終わり、新たなサイクルが開始する端境期(はざかいき)。この「三月の満月」の夜に、いったん殺された後に再生するジャック。このジャックに己を重ね合わせる「歌」を歌うために、豚飼いは進んで斬首＝去勢の刑に服したのである。そしてイェイツはこの豚飼いに、「歌」＝詩を創造するために「自己犠牲」という代償を払わなければならない詩人像を投映しているのだ。

豚飼いが求めたもうひとつのものは、女王の受胎であった。受胎というからには有性生殖が成立しなければならない。実際、豚飼いの首から流れた「血の一滴」が

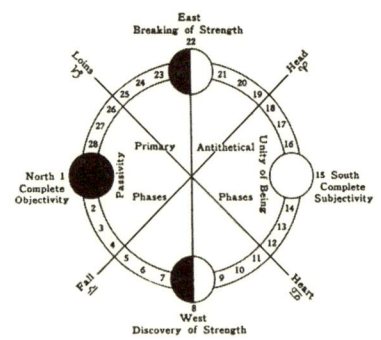

図10　「大車輪」（イェイツ『幻想録』1937年版）

「女」＝女王の「胎内に入って子供ができた」以上、血＝精液という男性的要素と子宮という女性的要素が結合していることは確かである。しかし、女性的要素の影は極めて薄い。それは巧みな措辞からも看て取ることができる。例えば、日本語訳では「子供」と訳されている"farrow"。これは「一腹の豚の子」を含意しているので、「子供」が「女」＝女王の「胎内」から産まれたにもかかわらず、その事実を限りなく希薄化させることに効力を発揮している。イェイツはこの一語を布置することによって、豚飼いがあたかも「自力」で「子供」をもうけたかのような印象を醸し出すのに成功しているのだ。また「血が生んだ」("the blood begat")の"begat"も見落とせない。第3章で扱った連作詩篇「超自然の歌」におけるふたつの"beget"の用法、すなわち「リブ、パトリックを非難する」の"begets"と「恍惚の中のリブ」の"begot"と、それは交響し合っているからだ。「血が生んだ」という何気ない一文は、「超自然の歌」の両性具有的な神や天使と同様、豚飼いが単為生殖的な「自己生成」を成し遂げたことを鮮やかに表現しているのである。[52]

---

[52] 岡田温司『処女懐胎──描かれた「奇跡」と「聖家族」』（中公新書、2007年）25-26頁によると、聖霊によるマリアの懐胎というキリスト教の考え方には、男性的原理の優位を説くアリストテレス流生殖観が特異な形で反映しているという。すなわちマリアは、「質料」としての子宮を「形相」としての聖霊＝精液に提供することで、神の子を受肉したというわけだ。とするとイェイツはまた、豚飼いを聖霊に、女王をマリアに対応させようとしたのではないかと推察できる。だが、この点は深入りせず、推察の提示だけにしておきたい。

おわりに

　さて、『三月の満月』を論じ終わったところで、ほぼ紙数が尽きてしまった。そこで、冒頭で掲げた本書の趣旨──すなわち、シュタイナハの手術理論の核を成す「自己生成」という概念が、イェイツ後期のいくつかの傑出した作品を読み解く上で、豊饒な光を照射してくれるのではないかという推断を論証すること──が達成されたか否かは、読者諸氏のご賢察にゆだねることとして、屋上屋を架することになるが、ここでは詩人とシュタイナハ手術をめぐり簡単な駄目押しだけをしておきたい。
　すでに指摘したように、イェイツにあっては創造的営為とセクシュアリティが不即不離の関係にあった。そのため、老境に差しかかり創作意欲が減退するのは、ひとえに性的能力が衰退したからに他ならないと詩人が考えたとしても、少しも不思議なことではない。元来、「自発」的に「自己」を「自力」で「改造」することを希求していたイェイツ。そんな彼にとって、「自己」の中に

「自己」の「精液」を「注入」し、「精液」を「自己」の身体内で生理学的なエネルギーに転換することを目指すシュタイナハ手術は、格好の方策であったに違いない。「自ら生まれ、新たに誕生」しようとする夢は、何はともあれ、シュタイナハ回春手術という身体改造によって叶えられたのである。たとえ後代の評家たちから、やれ「プラシーボ効果」だ、やれ「幻想」だ、やれ「役立たずであった」と陰口をたたかれても、手術を契機に詩人が豊饒多産な晩年を迎えたのは否定しようのない事実なのである。

　イェイツは、「自己」の「身体」の一部を「犠牲」に供するシュタイナハ手術を敢行し、「自己生成」することによって、枯渇した詩的想像力を回復した。豚飼いも同様に、自ら進んで首＝男根を除去するという「犠牲」を払い、「自己生成」することによって、「子供」と「歌」を獲得した。作者-作品-手術理論——これら三者に通低するキーワード、それは「自己生成」であったのだ。

あとがき

　イェイツがシュタイナハ回春手術を受けたというエピソードを知ってから、かれこれ長い年月が経つ。ある研究書の年譜を眺めていて、さりげなく挿入された問題の一節に初めて出合った当時、ご多分にもれず、軽い驚きと共に奇異の念を抱いたことを覚えている。と同時に、なぜか興味を掻き立てられるものがあり、いずれ何らかの形で取り組んでみたいと思ったものだ。その後、喉の奥に突き刺さった小骨のように気になりながらも、事が事だけに、それが醸し出す何やら鬼門めいた雰囲気も手伝って、真正面から着手する機会をなかなか見つけられずにきた。

　転機はアームストロングの著作に接した時に訪れた。詩人の作品とシュタイナハの手術理論の間に伏在する意外な照応関係に、鋭い分析のメスを本格的に入れたのは、同書がイェイツ研究においておそらく嚆矢であろう。なかなか取っかかりを見出せず、右往左往していた著者が、曲がりなりにも本書の完成にまで漕ぎつけられたのは、ひとえにこの力強い援軍を得たからに他ならない。

　なにぶん未熟な小著であるが、もし仮にいささかなりとも新味があるとすれば、アームストロングの著作がシ

ュタイナハ手術以後に書かれた作品を中心にして「自己生成」のイメージを探索しているのに対し、本書は手術以前に発表された詩集『塔』以降の作品にまで範囲を広げ、なおかつテクストに具体的に密着しながら丹念に考察しようとしたことであろうか。その結果、文学的言説と科学的言説という水と油のように分け隔てられている感のある、ふたつの領域が切り結ぶ意想外な関係の一断面を、浮き彫りにできたとしたならば、それは著者にとって喜ばしい副産物である。

　いうまでもなく、多くの方々の好意あふれるご支援なしには本書は成立し得なかった。いちいちお名前を挙げることは差し控えるが、貴重な情報や助言を提供してくださった方々に特にお礼を申し上げたい。とりわけ建設的な提案をたまわった慶應義塾大学教養研究センター選書審査委員会には、格別の謝意を表さなければならない。また、本書の中で借用させて頂いたイェイツ作品に関するすばらしい訳業を成し遂げた翻訳者諸氏に対しても、厚く感謝を申し述べたい。

　文学離れ、活字離れが騒がれている昨今、イェイツといっても大方の一般読者にはなじみの薄い詩人かもしれない。しかし、シュタイナハ回春手術という一風変わった観点からテクストに切り込んだ小著がきっかけとなり、イェイツとその作品に興味を抱く方が少しでも増えることになれば、著者としては望外の幸せである。

　なお、本書を刊行するに当たり、慶應義塾から特別研

究費補助、教養研究センターから出版の支援を受けた。ここに深く感謝の意を表する次第である。

文献案内

本書全体
＊イェイツのテクスト

The Collected Poems of W. B. Yeats (1933; Macmillan, 1950). *CP* と略記。生前に詩人が編集に関わり、長年にわたり研究者や一般読者に親しまれている版。

Peter Allt and Russell K. Alspach eds., *The Variorum Edition of the Poems of W. B. Yeats* (Macmillan, 1957). *VP* と略記。

The Collected Plays of W. B. Yeats (1934; Macmillan, 1952). *Plays* と略記。

Russell K. Alspach and Catherine C. Alspach eds., *The Variorum Edition of the Plays of W. B. Yeats* (Macmillan, 1966).

平井正穂・高松雄一編『筑摩世界文学大系71 イェイツ　エリオット　オーデン』（筑摩書房、1975年）。出淵博訳の出典。

小堀隆司訳『塔——イェイツ詩集』（思潮社、2003年）。『塔』初版に基づく訳詩集。

高松雄一編『対訳イェイツ詩集』（岩波文庫、2009年）。入門書として最適。

佐野哲郎他訳『イェイツ戯曲集』（山口書店、1980年）。平田康訳の出典。

はじめに
＊イェイツの評伝（数ある中から2巻本の大著だけ）

R. F. Foster, *W. B. Yeats: A Life I : The Apprentice Mage 1865-1914* (Oxford Univ. Press, 1997).

―――, *W. B. Yeats: A Life II: The Arch-Poet 1915-1939* (Oxford Univ. Press, 2003).

*シュタイナハおよび彼の研究

Eugen Steinach and Josef Loebel, *Sex and Life: Forty Years of Biological and Medical Experiments* (Faber and Faber, 1940).

Harry Benjamin, "Eugen Steinach, 1861-1944: A Life of Research", *The Scientific Monthly,* 61-6 (1945), 427-442.

Chandak Sengoopta, "Rejuvenation and the Prolongation of Life: Science or Quackery?", *Perspectives in Biology and Medicine*, 37-1 (Autumn 1993), 55-66.

―――, "Glandular Politics: Experimental Biology, Clinical Medicine, and Homosexual Emancipation in Fin-de-Siècle Central Europe", *Isis*, 89-3 (September 1998), 445-473.

―――, "'Dr Steinach coming to make old young!': sex glands, vasectomy and the quest for rejuvenation in the roaring twenties", *Endeavour,* 27-3 (September 2003), 122-126.

*フロイトのシュタイナハ手術

Diana Wyndham, "Versemaking and Lovemaking――W. B. Yeats' 'Strange Second Puberty': Norman Haire and the Steinach Rejuvenation Operation", *Journal of History of the Behavioral Science*, 39-1 (Winter 2003), 25-50.

Ernest Jones, *The Life and Work of Sigmund Freud*, edited and abridged by Lionel Trilling and Steven Marcus (1961; Pelican Books, 1964), 556-557［アーネスト・ジョーンズ、竹友安彦・藤井治彦訳『フロイトの生涯』（紀伊國屋書店、1964年）441-442頁］。

第1章　シュタイナハ手術
*イェイツのシュタイナハ手術（Wyndham論文以外に）

Virginia J. Pruitt and Raymond D. Pruitt, "Yeats and the Steinach Operation", in Richard J. Finneran ed., *Yeats: An Annual of Critical and Textual Studies Vol. I* (Cornell Univ. Press, 1983), 104-124.

Richard Ellmann, *Four Dubliners: Wilde, Yeats, Joyce, and Beckett* (George

Braziller, 1987), 38-63 [リチャード・エルマン、大沢正佳訳『ダブリンの4人——ワイルド、イェイツ、ジョイス、そしてベケット』(岩波書店、1993年) 47-89頁]。Wyndham論文と共にイェイツにおける創造力と性愛の直結性に論及。

＊ノーマン・ヘア (Wyndham論文以外に)
Ivan Crozier, "Becoming a Sexologist: Norman Haire, the 1929 London World League for Sexual Reform Congress, and Organizing Medical Knowledge about Sex in Interwar England", *History of Science*, 39 (2001), 299-329.

―――, "'All the World's a Stage': Dora Russell, Norman Haire, and the London Congress of the World League for Sexual Reform, 1929", *Journal for the History of Sexuality*, 12 (2003), 16-37.

萩原眞一「ノーマン・ヘア——ある忘れられた優生学の運動家」慶應義塾大学日吉紀要『言語・文化・コミュニケーション』23 (1999年) 15-28頁。

同「シュタイナハ手術の影——イェイツとノーマン・ヘア」慶應義塾大学日吉紀要『英語英米文学』40 (2002年) 1-16頁。

＊アサートンのシュタイナハ手術
Julie Prebel, "Engineering Womanhood: The Politics of Rejuvenation in Gertrude Atherton's *Black Oxen*", *American Literature*, 76-2 (June 2004), 307-337.

＊20世紀初頭におけるホルモン決定論的な言説
Diana Long Hall, "Biology, Sex Hormones and Sexism in the 1920's", in Carol C. Gould and Marx W. Wartofsky eds., *Women and Philosophy: Toward a Theory of Liberation* (G. P. Putnam's Sons, 1976), 81-96.

Margaret Morganroth Gullette, "Creativity, Aging, Gender: A Study of Their Intersections, 1910-1935", in Anne M. Wyatt-Brown and Janice Rossen eds., *Aging and Gender in Literature: Studies in*

Creativity (Univ. of Virginia Press, 1993), 19-48.

*イェイツとパウンド

James Longenbach, *Stone Cottage: Pound, Yeats and Modernism* (Oxford Univ. Press, 1988).「モダニズムの秘密結社」とも呼ばれる両詩人の交遊を活写。

*イェイツと能（近年の邦語文献から1点だけ）

伊達直之「W. B. イェイツの象徴詩劇における「能」と舞踏の再生」『ギリシア劇と能の再生——声と身体の諸相』所収（水声社、2009年）95-131頁。

*自己生成

Tim Armstrong, *Modernism, Technology and the Body: A Cultural Study* (Cambridge Univ. Press, 1998). 特にシュタイナハ手術を同時代に勃興しつつあった性科学の動向と結びつけて論じた第5章、および1930年前後のワイマール共和国時代のドイツで行われた世界最初の性転換手術を口火にして「外科的モダニズム」("surgical Modernism")の様相を緻密に追った第6章。

*アリストテレス流生殖観の変遷

Nancy Tuana, "The Weaker Seed: The Sexist Bias of Reproductive Theory", *Hypatia*, 3-1 (Spring 1988), 147-171.

Thomas Laqueur, *Making Sex: Body and Gender from the Greeks to Freud* (Harvard Univ. Press, 1990)［トマス・ラカー、高井宏子・細谷等訳『セックスの発明——性差の観念史と解剖学のアポリア』（工作舎、1998年）］。

*19世紀の欧米におけるセクシュアリティ

G. J. Barker-Benfield, "The Spermatic Economy: A Nineteenth Century View of Sexuality ", *Feminist Studies*, 1 (1972), 45-74.

なお、同論文の内容を含む *The Horrors of the Half-Known Life: Male Attitudes toward Women and Sexuality in Nineteenth-Century America* (Routledge, 2000) は、産科学の「父」たちの「女嫌い」（"misogyny"）の生態を暴露。

Stephen Kern, *Anatomy and Destiny: A Cultural History of the Human Body* (Bobbs-Merrill, 1975) ［スティーヴン・カーン、喜多迅鷹・喜多元子訳『肉体の文化史——体構造と宿命』（法政大学出版局、1989年）］。英国ヴィクトリア女王時代の厳格な性道徳の実相とその崩壊過程を描く。

John S. Haller, JR., "Spermatic Economy: A 19th Century View of Male Impotence", *Southern Medical Journal*, 82-8 (August 1989), 1010-1016.

Elizabeth Stephens, "Pathologizing Leaky Male Bodies: Spermatorrhea in Nineteenth-Century British Medicine and Popular Anatomical Museums", *Journal of the History of Sexuality*, 17-3 (September 2008), 421-438. 精液漏を考察。

ミッシェル・フーコー、渡辺守章訳『性の歴史Ⅰ　知への意志』（新潮社、1986年）。

第2章　単為生殖
＊ギリシヤ神話

高津春繁『ギリシア・ローマ神話辞典』（岩波書店、1960年）。

カール・ケレーニイ、植田兼義訳『ギリシアの神話——神々の時代』（中公文庫、1975年）。本書で言及したギリシヤ神話に関する記述は、主にこれら2著に負っている。

＊アンドロギュヌス

ミルチャ・エリアーデ、宮治昭訳『エリアーデ著作集第6巻 悪魔と両性具有』（せりか書房、1973年）。特に第2章。アンドロギュヌスは〈反対の一致〉の普遍的な公式であると説くエリアーデは、古くはシヴァ、ディオニュソス、キリスト、アダムなどに〈原初の全体性〉を認めた上で、この神

話的思考が中世・ルネサンス期の錬金術を経て、近くはスウェーデンボルグ、ゲーテ、バルザックにまで一貫して流れていることを論証。壮大な鳥瞰図。

Elémire Zolla, *The Androgyne: Fusion of the Sexes* (Thames and Hudson, 1981) ［エレミール・ゾラ、川村邦光訳『アンドロギュヌスの神話』（平凡社、1988年）］。図版多数。

パトリック・グライユ、吉田春美訳『両性具有――ヨーロッパ文化のなかの「あいまいな存在」の歴史』（原書房、2003年）。いわゆる「半陰陽者」をめぐり17・18世紀のヨーロッパがどのように揺れ動いたかを、膨大な資料を博捜して浮き彫りにした書。

アントナン・アルトー、多田智満子訳『ヘリオガバルスまたは戴冠せるアナーキスト』（白水社、1977年）。歴史小説というより反ヨーロッパ的文明論。

植島啓司『新版 男が女になる病気――医学の人類学的構造についての30の断片』（朝日出版社、1989年）。西欧社会の根底にうごめく〈野生の思考〉を描き出した野心作。澁澤龍彦いわく「推理小説を読むような」面白さ。

石井達朗『新版 異装のセクシュアリティ』（新宿書房、2003年）。特に第1章「異装という身体装置」。

＊英文学とアンドロギュヌス

Warren Stevenson, *Romanticism and the Androgynous Sublime* (Fairleigh Dickinson Univ. Press, 1996).

Lisa Rado, *The Modern Androgyne Imagination: A Failed Sublime* (Univ. Press of Virginia, 2000).

第3章　神聖授精

＊「超自然の歌」とウパニシャッド

Dennis E. Smith and F. A. C. Wilson, "The Source of Yeats's 'What Magic Drum?'", *Papers on Language and Literature*, 9 (1975), 197-201.

P. S. Sri, "The Influence of Vedanta on Yeats's 'Supernatural Songs' ", in Warwick Gould ed., *Poems and Contexts: Yeats Annual No.16, A Special Number* (Macmillan, 2005), 113-129.

ダニエル・アラン、淺野貞夫・小野智司訳『シヴァとディオニュソス――自然とエロスの宗教』(講談社、2008年)。アジアとヨーロッパが同根の精神文化を生きていたことを主張。

＊イェイツとテイレシアス的状況

Janis Tedesco Haswell, *Pressed against Divinity: W. B. Yeats's Feminine Masks* (Northern Illinois Univ. Press, 1997). 詩人における「両性としての創造的精神」("the creative mind as bisexual") を論じ、作品にしばしば登場する仮面的な女性の語り手の系譜を丹念に辿る。

＊イェイツとウェレズリー

Deborah Ferrelli, "W. B. Yeats and Dorothy Wellesley", in Warwick Gould ed., *Influence and Confluence: Yeats Annual No. 17, A Special Number* (Macmillan, 2006), 227-305.

＊「レーダーと白鳥」の視覚的源泉

Giorgio Melchioli, *The Whole Mystery of Art: Pattern into Poetry in the Work of W. B. Yeats* (Greenwood Press, 1960), 73-163.

第4章 斬首／去勢
＊斬首

Hélène Cixous, "Castration or Decapitation?", Annette Kuhn trans., *Journal of Women in Culture and Society*, 7-1 (1981), 41-55.

ジュリア・クリステヴァ、星埜守之・塚本昌明訳『斬首の光景』(みすず書房、2005年)。

武藤浩史、慶應義塾大学教養研究センター選書『「ドラキュラ」

からブンガク──血、のみならず、口のすべて』(慶應義塾大学出版会、2006年)。特に第3章。

*サロメ

Françoise Meltzer, *Salome and the Dance of Writing: Portraits of Mimesis in Literature* (The Univ. of Chicago Press, 1987)[フランソワーズ・メルツァー、富島美子訳『文学におけるサロメと踊るエクリチュール──ミメーシスの肖像』(ありな書房、1996年)]。

*イェイツと『金枝篇』

John B. Vickery, *The Literary Impact of the Golden Bough* (Princeton Univ. Press, 1973), 179-232.

*スケープゴート(邦語文献から3点)

山口昌男『歴史・祝祭・神話』(中公文庫、1978年)。第1部「鎮魂と犠牲」、第2部「革命のアルケオロジー」から成る同書は、イケニエを生産せずにはおかない社会のメカニズムを考察し、今なお刺激的。『知の遠近法』(岩波現代文庫、2004年)も。特に〈聖王殺し〉の条件を論じた第11章。

赤坂憲雄『異人論序説』(ちくま学芸文庫、1992年)。

刊行にあたって

　いま、「教養」やリベラル・アーツと呼ばれるものをどのように捉えるべきか、教養教育をいかなる理念のもとでどのような内容と手法をもって行うのがよいのかとの議論が各所で行われています。これは国民全体で考えるべき課題ではありますが、とりわけ教育機関の責任は重大でこの問いに絶えず答えてゆくことが急務となっています。慶應義塾では、義塾における教養教育の休むことのない構築と、その基盤にある「教養」というものについての抜本的検討を研究課題として、2002年7月に「慶應義塾大学教養研究センター」を発足させました。その主たる目的は、多分野・多領域にまたがる内外との交流を軸に、教養と教養教育のあり方に関する研究活動を推進して、未来を切り拓くための知の継承と発展に貢献しようとすることにあります。

　教養教育の目指すところが、単なる細切れの知識で身を鎧うことではないのは明らかです。人類の知的営為の歴史を振り返れば、その目的は、人が他者や世界と向き合ったときに生じる問題の多様な局面を、人類の過去に照らしつつ「今、ここで」という現下の状況のただなかで受け止め、それを複眼的な視野のもとで理解し深く思惟をめぐらせる能力を身につけ、各人各様の方法で自己表現を果たせる知力を養うことにあると考えられます。当センターではこのような認識を最小限の前提として、時代の変化に対応できる教養教育についての総合的かつ抜本的な踏査・研究活動を組織して、その研究成果を広く社会に発信し積極的な提言を行うことを責務として活動しています。

　もとより、教養教育を担う教員は、教育者であると同時に研究者であり、その学術研究の成果が絶えず教育の場にフィードバックされねばならないという意味で、両者は不即不離の関係にあります。今回の「教養研究センター選書」の刊行は、当センター所属の教員・研究者が、最新の研究成果の一端を、いわゆる学術論文とはことなる啓蒙的な切り口をもって、学生諸君をはじめとする読者にいち早く発信し、その新鮮な知の生成に立ち会う機会を提供することで、研究・教育相互の活性化を図ろうとする試みです。これによって、研究者と読者とが、より双方向的な関係を築きあげることが可能になるものと期待しています。なお、〈Mundus Scientiae〉はラテン語で、「知の世界」または「学の世界」の意味で用いました。

　読者諸氏の忌憚のないご批判・ご叱正をお願いする次第です。

慶應義塾大学教養研究センター所長

萩原　眞一（はぎわら　しんいち）
慶應義塾大学理工学部教授。1954年生まれ。1981年、慶應義塾大学大学院文学研究科修士課程修了。中京大学教養部専任講師、慶應義塾大学理工学部専任講師、助教授を経て、2003年より現職。専攻は現代イギリス文学。主要著書・論文に、『身体医文化論——感覚と欲望』（共著、慶應義塾大学出版会、2002年）、『腐敗と再生——身体医文化論Ⅲ』（共著、慶應義塾大学出版会、2004年）、『雷文化論』（共著、慶應義塾大学出版会、2007年）、「イェイツと「半アジア的」ギリシャ」（『イェイツ研究』第39号、2008年）などがある。

慶應義塾大学教養研究センター選書

イェイツ——自己生成する詩人

2010年3月31日　初版第1刷発行

発行・編集―――慶應義塾大学教養研究センター
　　　　　　　　代表者　横山千晶
　　　　　　　　〒223-8521　横浜市港北区日吉4-1-1
　　　　　　　　TEL：045-563-1111
　　　　　　　　Email：lib-arts@adst.keio.ac.jp
　　　　　　　　http://lib-arts.hc.keio.ac.jp/
制作・販売―――慶應義塾大学出版会株式会社
　　　　　　　　〒108-8346　東京都港区三田2-19-30
装丁―――――――原田潤
印刷・製本―――株式会社 太平印刷社

©2010 Hagiwara Shinichi
Printed in Japan　　ISBN978-4-7664-1735-7

慶應義塾大学教養研究センター選書

1 モノが語る日本の近現代生活
—近現代考古学のすすめ

桜井準也著　文献記録の乏しい地域や記録を残さなかった階層の人々の生活を、発掘資料から復元したり、ライフサイクルの変化を明らかにする近現代考古学の楽しさを伝える、新しい考古学のすすめ。　●700円

2 ことばの生態系
—コミュニケーションは何でできているか

井上逸兵著　「すげー」「マジ」といった若者ことばや語尾上げことば、業界用語、「コンビニ敬語」など、コミュニケーション・ツールとしてのことばの変遷を身近な例にたとえながらわかりやすく解説する。　●700円

3 『ドラキュラ』からブンガク
—血、のみならず、口のすべて

武藤浩史著　『ドラキュラ』の中の謎や矛盾に焦点を当て、大学生や一般読者に物語テキスト読解のコツを伝授。多彩な要素が絡み合うなかを、領域横断的に読解する面白さとスキルを教える。　●700円

4 アンクル・トムとメロドラマ
—19世紀アメリカにおける演劇・人種・社会

常山菜穂子著　19世紀のアメリカで大ヒットを記録した『アンクル・トムの小屋』を例に、演劇と社会の結びつきを明らかにするとともに、その作品の内に意識的／無意識的に織り込まれたアメリカの姿を描く。　●700円

表示価格は刊行時の本体価格(税別)です。

慶應義塾大学教養研究センター選書

5 イェイツ—自己生成する詩人

萩原眞一著　ノーベル文学賞受賞詩人イェイツ。「老境に差しかかって創作意欲が減退するのは、ひとえに性的能力が衰退したからに他ならない」と考えた彼は、アンチエイジング医学の先駆をなす、ある若返り手術を受けた。創造的営為とセクシュアリティの関係に注目しながら、後期イェイツ作品を検証する。　　　　　　　　●700 円

6 ジュール・ヴェルヌが描いた横浜
—「八十日間世界一周」の世界

新島進編　19 世紀の横浜は欧米人にどう映ったか？ 昨年（2009）、開港 150 周年を迎えた横浜の開港当時の姿を、ジュール・ヴェルヌの傑作『80 日間世界一周』から読み解く。　　　　　　　　　　　　●700 円

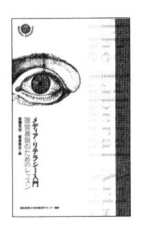

7 メディア・リテラシー入門
—視覚表現のためのレッスン

佐藤元状・坂倉杏介編　ヴィデオ・アート、マンガ、映画などのさまざまなメディアの新しい視点による読み方を紹介し、面白さを体感させるメディア・リテラシー入門。
　　　　　　　　　　　　　　　　　　　　●700 円

表示価格は刊行時の本体価格（税別）です。